DU MÊME AUTEUR

Aux Éditions Gallimard

CON BRIO.
MORT D'UNE PRIMA DONNA SLOVÈNE.
MORENO.
UN CŒUR DE TROP.

COCO DIAS

OU

LA PORTE DORÉE

BRINA SVIT

COCO DIAS
OU
LA PORTE DORÉE

roman

nrf

GALLIMARD

Si je fais du cinéma, c'est parce que je ne sais pas danser...

Bernardo Bertolucci

Je ne croirais qu'à un dieu qui saurait danser.

Friedrich Nietzsche

1

« Si tu écris sur moi, je t'apprendrai à danser », dit-il de but en blanc, à la fin de notre deuxième tango, dans une petite pièce rectangulaire donnant sur un jardin à la française. J'ouvre les yeux. Depuis quelque temps, j'ai pris l'habitude de danser les yeux fermés, ainsi j'entends mieux la musique, je sens mieux le sol sous mes pieds ; et puis toutes les danseuses inspirées à Buenos Aires dansent les yeux fermés. Je ne prétends pas être une danseuse inspirée, non, loin de là, tout au plus un écrivain inspiré, et encore pas tout le temps, ça va de soi... J'ai donc ouvert les yeux. Il me regarde, lui aussi. Un petit homme au visage d'enfant, yeux espiègles ou méfiants, ça dépend, qui se teint les cheveux. Il s'appelle Coco Dias. C'est un danseur de tango, un maestro. « *Un maestro de los maestros...* », avait murmuré un Argentin à côté de moi quand il était entré au Latina, il y a quelques semaines, à deux heures du matin. « Tu devrais prendre un cours avec lui, comme ça, tu vas voir ce que ça veut dire, un Argentin qui danse le tango... », avait-il encore ajouté. C'est ce que j'ai fait. Je lui ai demandé un cours particulier. Ce n'est pas vraiment dans mes habitudes de me payer des cours particuliers, je cours toujours après l'argent, moi... Mais j'avais envie, qui sait pourquoi, de « faire » quelques tangos avec lui, toute seule, je veux dire lui et moi ; parfois on fait des choses qu'on ne comprend qu'après. Et puis c'était un moment de ma vie où je commençais à danser sérieusement. Je ne sortais pas sans avoir une paire de chaussures de tango sur moi. Il faut s'imaginer une femme — fausse rousse, bouclée, plutôt bien roulée — qui, le matin avant de sortir, met ses chaussures de danse dans son sac. Je les embarque même en voyage, à Lyon, à Marseille, à Montréal, au cas où le soir, après le travail, j'aurais envie de danser quelques tangos. J'en ai trois paires : les vieilles rouges, bien tenues avec une bride croisée sur le devant, un talon de sept centimètres, les premières que j'ai achetées, il y a trois ans à Paris, dans une boutique sombre et ringarde au fond d'une cour, rue de Charonne ; toute une histoire que je ne vais pas raconter ici. Les vertes, même hauteur de talon, assez chics, mais confortables, ouvertes derrière, à porter pieds nus... Puis les noires, attention, vertigineuses, en velours doublé cuir, très sexy, talons aiguilles de neuf centimètres et demi, ouvertes derrière et devant, *Comme il faut*, avec la majuscule, parce que c'est une marque, et à ne mettre qu'avec de très bons danseurs, ceux qui ne marchent pas sur tes pieds et qui savent te prendre dans les bras comme il faut, avec la minuscule.

Je jette les yeux sur mes chaussures vertes. Les siennes sont noires, lacées, avec un talon exagéré pour un homme.

— Alors ? dit-il.

Je hausse les épaules. Je sais danser, que s'imagine-t-il… Je suis moitié française, moitié je ne sais pas, je ne vais pas me mettre à raconter l'histoire de ma mère, adoptée à la naissance, ne connaissant pas ses origines, en tout cas je ne crois pas qu'elle fût d'Amérique latine, même de la très européenne Buenos Aires, non, non… Je n'ai donc pas de sang argentin comme lui, même pas un quart, même pas un huitième, rien, rien du tout, je n'ai jamais fait de danse classique, je ne suis plus toute jeune, je ne suis pas particulièrement douée, mais j'ai une vraie histoire avec le tango. Quand j'y suis allée pour la première fois — une petite milonga de rien du tout à trois rues de la mienne — c'était juste pour voir. Voir s'il y avait affinité. Il y a eu affinité ; affinité immédiate, coup de foudre, compréhension mutuelle. Il y en a toujours, beaucoup. Et puis je sais danser. Pourtant au début ça n'allait pas. Je suis passée par toutes sortes de doutes, découragements et humiliations. Il faut imaginer un cours collectif, une trentaine de personnes en rond, et moi au milieu, comme à l'école, avec le prof qui me dit pour la troisième fois de suite qu'il ne comprend pas pourquoi je n'y arrive pas, c'est pourtant simple, cet enchaînement de pas, gauche, droite, pivot, gauche… très facile même, tout le monde l'a fait sauf moi, et puis j'ai un problème dans le tour à gauche, je soulève le pied au lieu de glisser sur le sol, sans parler du fait que je me tiens trop droite, je suis raide dans le bassin et mal latéralisée… Mal quoi ? Un jour, j'en ai eu marre, j'ai emprunté de l'argent et je suis partie pour Buenos Aires. Là-bas, j'ai rencontré un vieux *milonguero*, Bernardino, qui ne parlait pas du tout le même langage. Il me prenait dans les bras, il me serrait contre lui, franchement, fermement, fraternellement... Tu vois, c'est ça, le tango, *muchachita,* me disait-il à l'oreille. C'est l'*abrazo*... Tito Morales, plus jeune, plus beau, plus intéressé aussi que Bernardino, m'a appris à marcher, à allonger les pas, à poser mes pieds par terre, à caresser le sol, le tango c'est d'abord la marche, n'oublie pas, me disait-il. Pour cent pesos de l'heure, il m'a enseigné à pivoter avec mes hanches, un petit coup sec et élégant, voilà, c'est ça, tu as de belles fesses, répétait-il, alors profites-en... Il en a profité, lui aussi, enfin, on en a profité ensemble. Nous avons passé quelques après-midi inoubliables à danser dans un studio, au cinquième étage d'un immeuble en face de Santa Rita del Perú qui veillait sur nous (et que je salue au passage, moi qui ne suis pas croyante...). Depuis mon retour, je danse avec Julian, le chauffeur de camion de Barcelone, quand je peux, bien sûr, c'est-à-dire quand il passe par Paris et gare son camion à la Porte de Vincennes. Nous nous retrouvons sur les quais de la Seine, l'été, ou au Latina, rue du Temple, là où j'ai vu Coco Dias pour la première fois. Julian est petit, robuste et stable, il a une bonne oreille, alors je peux tranquillement améliorer mes *giros,* ou dessiner les ailes de papillons avec mes *voleos.* Il y a un Uruguayen aussi, cuisinier dans un grand hôtel bruxellois, qui m'invite souvent pour quelques milongas rapides et bien rythmées. Ou Malik, mon ami de Marseille, capable de monter à Paris sur un coup de tête pour danser toute la nuit avec moi ; et quand je dis toute la nuit, c'est jusqu'au petit matin, quand nous rentrons ensemble, en regardant le jour se lever. Ou le médecin de

Toulouse qui n'est pas un grand *tanguero*, non, loin de là, mais agréable à suivre, ayant quelques pas à lui qui ne sont pas faciles à déchiffrer. Et j'y arrive. J'y arrive très bien.

— Je suis en train d'écrire quelque chose d'autre..., dis-je enfin, au bout de quelques longs moments de silence. Un roman...

— Un roman ? répète-t-il avec un petit sourire narquois que je ne comprends pas, et il s'éloigne pour aller choisir un autre morceau de musique.

S'il me demandait ce que c'est comme roman, je le lui dirais volontiers. J'aime bien parler de mes projets littéraires, surtout au début, quand tout est encore possible, et aux gens que je connais à peine ; c'est comme si je prenais le pouls. Je lui dirais donc que je suis en train d'écrire un roman, crânement intitulé *Chef-d'œuvre*, c'est ça, il a bien entendu, c'est le titre. Parce que je suis malgré tout quelqu'un d'ambitieux qui ne fait rien à moitié. Alors si j'écris, si j'y passe des heures et des heures, autant le faire bien, même si je pense comme Agathe — le nom de mon héroïne, historienne d'art, spécialiste de Manet, ex-femme d'un célèbre artiste contemporain — que les chefs-d'œuvre ne se trouvent pas que dans les livres, dans les musées, dans l'art en un mot.

Mais il ne le demande pas. Ça ne doit pas l'intéresser, ce n'est pas son affaire. Il revient vers moi — il a mis un tango que j'aime bien, *Corrientes, tres, cuatro, ocho, segundo piso ascensor...* — et pose sa main dans mon dos. Il attend, il ne commence pas tout de suite. Moi aussi j'attends, forcément, c'est l'homme qui décide dans le tango. Puis il se lance enfin.

Je voudrais bien savoir pourquoi il veut qu'on parle de lui. Qui est-il ? Qu'est-ce qu'il a de singulier ? Que sait-il de la vie que les autres ne savent pas ? Pourtant si je réfléchis un peu, tout le monde veut la même chose. Tout le monde se croit plus au moins extraordinaire, même ceux qui proclament le contraire. Je m'écarte pour le voir en face. Est-ce que lui aussi est en train de réfléchir et se poser des questions ? Non, je ne crois pas. Il ne pense pas, il danse. Il chantonne même à mon oreille. *Corrientes, tres, cuatro, ocho, segundo piso ascensor...* J'ai du mal à le suivre, je ne suis pas concentrée, je fais n'importe quoi. Alors il danse seul, tout en me tenant contre lui et m'entraînant dans la suite de ses pas et de ses figures. Il danse comme il sait danser, lui, Coco Dias. Moi je regarde la pièce nue autour de nous, le meuble avec un lecteur de musique et quelques disques, un gros lapin en peluche par terre dans un coin, l'air béat, stupide.

À la fin du cours, je lui fais un chèque. Nous changeons nos chaussures de danse pour nos chaussures de ville et quittons ensemble ce petit deux pièces au premier étage d'un immeuble des années trente, donnant sur un jardin étonnamment paisible et symétrique. Un autre jour, il me dira : c'est quand il ne se passe rien que les choses se passent. Il a souvent des phrases apparemment mystérieuses qui ne le sont pas forcément. Nous descendons vers le boulevard et nous quittons devant le métro Porte-Dorée. Quand je me retourne un instant pour le voir de loin, il a déjà disparu sous terre.

2

Combien de temps ai-je mis à lui dire « oui » ? Quand ai-je commencé à prendre un de mes cahiers avec moi — un cahier couleur sable avec une bande noire sur le côté — et à noter des petites choses le concernant, comme : Coco prend du thé et des biscuits l'après-midi, Coco fait toujours les mêmes erreurs en français. Coco est méfiant, naturellement méfiant, il se demande qui je suis, même s'il s'est informé sur moi (il a dû faire un petit tour sur Google : Valérie Nolo, auteur de deux romans : *Dernière interview* et *Tout droit et à deux cents à l'heure contre le crépuscule,* et d'un recueil de nouvelles : *Chroniques nocturnes*; auteur également de quelques pièces radiophoniques dont *Entré dans ma vie par la fenêtre*). Il pense que je ne comprends rien au tango. Mais il pense aussi que je peux faire des progrès. Ou : Coco est coquet. Ou même : Coco change de chemise après le cours. Il a un tatouage sur la poitrine : une plume. Une plume ? Est-ce vraiment une plume ?

Et surtout : comment ai-je pu laisser tomber Agathe ?

Comment ai-je pu mettre de côté les soixante-dix pages de mon *Chef-d'œuvre*, un vrai roman d'initiation, même si mon héroïne principale a cinquante ans. Je commençais à la connaître, cette grande brune, austère et racée qui ressemble à Berthe Morisot. « À Berthe Morisot, moi ? » répète-t-elle, incrédule, devant un jeune homme blond au regard perçant, Claude Abakovitc, un soir lointain, dans un bar, rue des Écoles. Elle croit qu'il voit en elle, qu'il saisit d'un coup d'œil quelque chose qu'elle-même ne connaît pas ; elle ne se sent pas seulement exister dans son regard, elle se trouve belle, enfin, Berthe Morisot — Agathe va voir tous les Manet qui se trouvent à Paris — était belle, indéniablement, et Claude Abakovitc, connaisseur et sûr de lui. Elle s'inscrit en maîtrise d'histoire de l'art et devient une spécialiste d'Édouard Manet. Quand elle est enceinte de Léo, elle écrit même un essai sur lui. C'est pendant qu'elle prépare cet essai sur la nature morte chez Manet, sur ses citrons précisément, qu'elle prend l'habitude d'en disposer un peu partout dans leur appartement ; une habitude, une lubie plutôt qu'elle va garder longtemps. Presque à la même époque — ils ont donc deux enfants et ça commence à marcher pour Claude qui a raccourci son nom en Claude Abaco — elle comprend enfin que le regard de son mari ne s'arrête pas sur les gens qu'il rencontre, qu'il ne radiographie pas leur âme, mais passe à travers sans rien voir. Claude Abaco ne s'intéresse pas aux autres, il ne s'intéresse pas à sa femme, il ne s'intéresse qu'à lui-même et à ses chefs-d'œuvre à venir, comme il appelle chaque projet auquel il s'attelle.

Mais le roman commence bien plus tard. Agathe a donc

cinquante ans (en réalité, elle en a quarante-neuf, mais ça fait au moins deux ans qu'elle dit à tout le monde qu'elle en a cinquante). Ses enfants, Ninon et Léo, sont adultes, et elle vient de quitter Claude Abaco, un soir de septembre à Venise. Elle a toujours les mêmes lubies, ses citrons par exemple, qu'elle continue de disposer partout dans son appartement comme des éclats de couleur dans des natures mortes. Le même manque d'humour, Agathe prend tout au sérieux, ridiculement au sérieux, au premier degré, au ras des pâquerettes... Les mêmes peurs, peur que quelque chose se dérègle, la voiture, le lave-vaisselle, le climatiseur, le lave-linge... Mais aussi le corps, son corps à elle ; elle a peur de la ménopause, peur de perdre sa féminité, peur d'être déréglée, en somme. Son sang se glace quand elle a un coup de chaud : et si c'était ça, si ça commençait ? Cheveux ternes, peau sèche, mauvaise humeur, mauvaise humeur, mauvaise humeur, ça veut bien dire quelque chose. Quand un ostéopathe qu'elle consulte pour une douleur au dos lui demande si elle est ménopausée, elle rougit comme une adolescente en murmurant que non, pas encore. Elle achète tous les ouvrages qui existent sur la question : *Comment passer le cap de la ménopause*, *Une nouvelle vie pour la femme*, *Pour ou contre les hormones*... C'est dans un de ces livres, par ailleurs fortement déprimant, qu'elle tombe sur le conseil suivant : commencez à apprendre une danse à deux, le tango par exemple. Voilà la meilleure chose qu'elle va faire depuis longtemps : elle va suivre ce conseil les yeux fermés, elle va commencer à danser.

Oui, je la connais bien, Agathe. Je connais même ses

interprétations de quelques chefs-d'œuvre de la peinture, un autre essai qu'elle a écrit depuis celui sur les citrons de Manet. Agathe s'est toujours intéressée à cette question. Que faut-il à une œuvre pour qu'elle devienne chef-d'œuvre ? *Les Ménines* de Velázquez en est le meilleur exemple. Qu'est-ce qui se passe dans ce tableau, qui, à l'origine, s'appelle *Le tableau de la famille*? se demande-t-elle. Ce n'est certainement pas Velázquez qui un beau jour a décidé de faire une surprise à son roi en peignant le portrait de sa famille : c'était plutôt le roi, Philippe IV, qui a passé commande à son peintre et le peintre qui s'est exécuté. Nous voilà donc devant un portrait de la famille royale, élargie jusqu'à ce gros chien, qui essaye de fermer l'œil au premier plan. C'est ce chien qui devrait attirer notre attention, dit Agathe. Parce que les chiens de Velázquez ont toujours les yeux ouverts, même quand ils sont couchés. Si celui-ci, le gros Iago, dort d'un œil devant nous, au premier plan, et que le nain Nicolasito s'amuse à lui donner un coup de pied, c'est qu'il ne s'agit pas du portrait officiel. Alors que se passe-t-il dans ce célèbre tableau où le peintre s'est représenté lui-même en train de peindre une très grande toile qui nous tourne le dos? Quel est le sujet de ce tableau — anormalement grand d'ailleurs — dont on ne voit que le revers? Et pourquoi Velázquez s'est-il arrêté de travailler, pourquoi a-t-il suspendu son pinceau et levé le regard ? Que regarde-t-il ? Le roi et la reine dont nous voyons le reflet dans le miroir? Pourquoi cette mise en scène savante, ou encore mieux : cette fiction ? Et si Velázquez peignait tout simplement ce qui se passait pendant qu'il peignait le roi et la reine, c'est-à-dire : pendant qu'il peignait le roi et la reine, l'infante Marguerite est descendue voir ses parents, accompagnée de ses suivantes et du gros chien ? Il n'y a pas de chef-d'œuvre sans lectures multiples, il n'y a pas de chef-d'œuvre sans mystère, dit Agathe, avant de reprendre cette question qu'on s'est déjà posée avant elle : « Est-ce que nous savons qui nous sommes, est-ce que nous savons ce que nous faisons ? »

C'est justement à Velázquez que je pense après avoir quitté Coco Dias devant la bouche de métro Porte-Dorée. Je suis sur mon vélo. J'aime bien réfléchir en pédalant, ça met en mouvement mes pensées. En fait, Coco Dias voudrait que je sois comme Velázquez, il voudrait que je fasse son portrait. Il voudrait être sur le tableau, il voudrait être dans le reflet à la place du roi et de la reine. Lui, Coco Dias, danseur de tango, est en train de me passer une commande, un marché, un contrat : si tu écris sur moi, je t'apprendrai à danser. Mais pourquoi j'écrirais sur lui ? Qui est-il ? Qu'est-ce qu'il a de plus qu'Agathe, mon Agathe, la grande, la brune, la racée, historienne d'art qui à cinquante ans quitte son mari, vend ses tableaux, tous les tableaux que son mari lui a offerts, même son portrait en jeune fille où elle ressemble à Berthe Morisot, et qui va apprendre à danser à Buenos Aires ?

Plus tard quand j'attache mon vélo à la borne, en face de mon immeuble, rue de la Folie-Regnault, et que je monte chez moi, je pense toujours à lui. Soudain, en m'arrêtant dans l'escalier, je me dis que personne jusqu'à maintenant ne m'a fait ce genre de proposition. Si, Angelo, un cuisinier italien, rencontré un matin, il y a deux ans, au marché de Saint-Rémy-de-Provence, un cuisinier de génie selon ses clients, un beau gosse aux yeux azur et petits poils dorés sur la poitrine, Angelo donc, qui m'a murmuré à l'oreille le soir même : si je te raconte ma vie, tu voudras l'écrire, j'en suis sûr... Ou la mère d'un violoniste célèbre qui m'a dit très sérieusement : il y a un gros ouvrage à écrire sur mon fils. Est-ce que ça vous intéresse, mademoiselle ? Non, ça ne m'intéressait pas, ni la vie d'Angelo, une étoile dans le guide Michelin, ni celle du violoniste que je ne connaissais pas et n'avais pas envie de connaître. Ce n'était pas la même chose. Ce n'étaient pas de vraies propositions, ce n'étaient pas des commandes, des contrats, et encore moins des marchés. Parce que ce que me propose Coco est un marché : toi, tu écris, et moi, je t'apprends à danser. C'est simple. C'est vrai, c'est simple, clair et net. Personne ne m'a jamais proposé une chose pareille. Et si je réfléchis un peu, un tout petit peu, personne ne le fera plus. Personne ne me dira une autre fois : si tu écris sur moi, je t'apprendrai à danser. Personne ne sait danser comme lui. Personne ne me demandera de cette façon de le mettre sur le tableau. De le regarder, de l'observer, de l'écouter, de tout noter dans mon cahier. De composer un portrait avec lui. Un portrait avec d'autres personnes, forcément, des personnes que je ne connais pas encore, Chiquito et Flora, toute la pléiade de ses femmes, et le fameux 840... Puis de me mettre sur le tableau, moi aussi, un pinceau à la main, suspendu comme celui de Velázquez, et le regard porté devant moi, au loin, dans tout ce qui va se passer et que je ne connais pas encore. Je m'arrête devant le miroir ovale de l'entrée :

j'ai toujours de l'humidité sous les yeux quand je fais du vélo et monte les six étages à pied. Mon chat Robert pousse la porte du salon et vient voir ce qui se passe. Oui, c'est ça, il faudra que je sois dans cette histoire, moi aussi. Moi, mes hommes, mon miroir dans l'entrée, mon vieux chat Robert. Même toi. C'est ça, toi.

3

— J'aime bien ce que vous m'avez raconté sur Agathe.

— C'est vrai ?

— Sur son mari aussi, même si vous ne lui portez pas beaucoup d'estime... Il me semble, du moins.

— C'est un artiste contemporain.

— Que voulez-vous dire ?

— Que c'est relativement facile.

— Facile ?

— Oui... Dans le sens où je peux le faire, moi aussi. Je suis incapable de jouer un concerto pour piano de Rachmaninov. Et encore moins de le composer. Mais je pourrais éventuellement concevoir ce genre d'installation, vous voyez... Trois cent soixante-cinq bouteilles vides, disposées par terre, dans un espace dépouillé. Éclairées froidement, méchamment, de côté, avec des projecteurs rasants. *Bonne année, ma chérie...* C'est le titre. Très important, le titre, dans ce genre d'entreprise. Et dans ce cas précis justement, c'est un bon titre. Un très bon titre.

— C'est normal, c'est vous, l'auteur...

— Il y en a un autre qui lui ressemble. *Identification d'une femme.*

— Cela me dit quelque chose...

— Mais oui, ce n'est même pas de lui, ce titre. C'est à peu près la même chose que les bouteilles. Sauf que cette fois, ce sont des chemises de nuit. Un tas de chemises de nuit blanches, trouvées aux Puces ou chez Emmaüs, suspendues au plafond et éclairées d'une manière différente... *Identification d'une femme.*

— Ce n'est pas mal comme idée...

— Qu'est-ce qu'il en sait, lui, des femmes ?

— J'aime bien comme vous parlez de vos personnages. Vous êtes très convaincante. Vous êtes une femme convaincante.

— Qu'est-ce que les hommes savent vraiment des femmes ?

— Est-ce une question ?

Il me regarde de biais, en penchant la tête et en croisant les mains sur la table devant nous. Il a de longues mains ascétiques. C'est la troisième fois que je suis avec lui et la deuxième fois que je pense la même chose en voyant ses mains. L'homme aux longues mains ascétiques. L'homme aux quatre initiales. Voilà comment je l'appelle quand je pense à lui. Je veux rester dans l'ombre, a-t-il dit quand il m'a invitée la première fois. Nous nous sommes rencontrés à un cocktail. Un homme élégant, un peu voûté, cheveux blancs, costume-cravate, absolument impeccable, aucune faute de goût, comme disait une de mes héroïnes à propos des gens impeccables et ternes. Il était à côté de moi, un verre à la main, comme moi, un verre à la main.

J'attendais mon amie Natacha, c'est elle qui m'avait invitée, non, elle m'avait dit de passer, il faut se montrer de temps en temps, disait-elle. Comme elle ne venait pas, j'ai commencé à parler à mon voisin, je suppose que ça sert à ça, les cocktails, à parler aux gens qu'on ne connaît pas; pour moi au moins, qui m'ennuie facilement dans ce genre de réunions. Il était surpris, désarçonné, ravi aussi. Une femme qui s'adresse à lui, une fausse rousse, bouclée, plutôt bien roulée, un écrivain, non, une romancière, tu sais bien que j'aime faire la distinction, comme Sartre ou Kundera, tout en ne me prenant pas très au sérieux, dans le sens où je ne parle jamais de l'écriture avec une majuscule. D'ailleurs je ne parle pas d'écriture, mais plutôt de littérature; et puis c'est un travail comme un autre, juste un peu plus solitaire et sujet aux doutes. J'ai prononcé une longue tirade au sujet de Hemingway, ne me demande pas pourquoi. J'ai parlé de l'observation, de l'observation et encore une fois de l'observation. Hemingway savait de quoi il parlait dans ses romans; il était un grand observateur. Et quand il ne pouvait pas observer, il se renseignait. Il n'a jamais été à Caporetto. Pourtant il le décrit dans le moindre détail. « Vous ne voulez pas que nous prolongions cette discussion une autre fois, tous les deux, dans un endroit tranquille? » a dit mon interlocuteur.

La deuxième et la troisième fois, dans un endroit tranquille, discret même, pour ne pas dire sombre, j'ai été beaucoup moins sûre de moi. Hemingway ne m'inspirait plus. Je n'avais pas envie de parler de moi. Ni de moi ni de mon fils Félix — ce n'est pas moi qui ai choisi ce prénom — qui vit depuis un an et demi chez son père à Saint-Germain-en-Laye, ni de mon vieux chat Robert — je n'y suis pour rien non plus dans ce prénom —, en réalité le chat de mon amie Natacha, qui voulait s'en débarrasser, trop vieux, disait-elle, il peut mourir d'un jour à l'autre. Je ne voulais pas parler de ma vie de tous les jours, ni de mes problèmes d'argent, je cours toujours après l'argent, moi, c'est pathétique, je suis une interprète et une traductrice qui voudrait écrire à plein temps... Alors je n'avais rien contre la direction qu'avait prise la conversation, j'ai toujours mieux aimé parler de mes personnages qui ont des vies bien plus intrigantes que la mienne. Lui non plus ne voulait pas parler de la sienne, pas cette fois en tout cas. Il a dit seulement : « Je me sens un peu plus heureux depuis que je vous connais. »

— Est-ce une question ? répète-t-il, un petit sourire inquiet au coin des lèvres, ses longues mains ascétiques toujours posées l'une sur l'autre devant lui.

Oui, c'est une question. Une vraie question et ce n'est pas la peine de sourire en coin. Une question que je me pose presque tous les jours et depuis longtemps. Qu'est-ce que les hommes savent vraiment des femmes ? Et je ne pense pas qu'à l'ex d'Agathe, fameux fumeux artiste contemporain et à son *Identification d'une femme*, ni au mien, ex aussi, pas tout à fait le même genre, ni vraiment modeste non plus, le père de Félix qui savait toujours mieux que moi ce que je devais ou ne devais pas faire, ce qui était bon ou mauvais pour moi, ce que je ressentais et ce que je ne ressentais pas, bref, il me comprenait, il me connaissait, il savait qui j'étais... Comme tous ces écrivains des siècles passés, tous plus ou moins spécialistes en psychologie féminine, mais je ne vais pas ouvrir cette vanne, c'est trop facile justement, ça coule tout seul... Je ne réponds pas, je fais comme lui, je souris. Voici donc la première question qui reste ouverte entre nous.

— Depuis combien de temps travaillez-vous à ce livre ? demande-t-il au bout d'un moment, pour changer de sujet et revenir sur un terrain plus sûr.

— J'ai commencé au mois de septembre. Mais je dois faire autre chose en même temps... Gagner de l'argent, par exemple...

— Et vous allez le laisser tomber parce que vous avez rencontré un danseur de tango qui vous a fait une proposition ?

— Ce n'est pas une proposition banale. C'est même une idée littéraire. Combien d'écrivains se cassent la tête pour trouver un sujet de livre ! Tandis que moi, on me l'apporte sur un plateau. Avec une prime en plus. Une prime en or...

— Quelle prime ?

— Il va m'apprendre à danser.

— C'est important pour vous ?

— Devinez...

— Comment s'appelle-t-il ?

— Coco.

— Coco ?

Il prononce mal, avec l'accent sur la dernière syllabe. Ça fait « coco », ça ne va pas.

— En réalité, il s'appelle Orlando. Orlando Dias. Mais on l'appelle Coco.

— Et qu'est-ce qu'il a de singulier, ce Coco ?

J'enlève mes boucles d'oreilles ; d'abord l'une, puis l'autre... Puis je les remets. C'est énervant, je sais, c'est un tic : quand je cherche une idée, quand je m'ennuie ou même sans raison, je joue avec mes boucles.

— Est-ce que vous voulez que je sois tout à fait sincère ?

Il sourit différemment, avec une petite lueur dans ses yeux, il me semble du moins, on se voit à peine dans ce café.

— Valérie..., dit-il, comme s'il voulait essayer la prononciation de mon prénom.

— En vérité, je n'en sais rien. Je le connais à peine. J'ai dansé quelquefois avec lui, c'est tout. Bien que ça puisse être assez révélateur, le tango...

— Révélateur ? De quoi ?

— De tout. De ce qu'on est. De la masculinité.

— Masculinité ?

— Oui, masculinité. Et ça m'intéresse. Tous les hommes m'intéressent en ce moment...

— Tous ?

Il baisse son regard et avance une main vers la mienne. Timidement, sans la toucher, comme si c'était un jeu, un jeu de mains.

— Tous. Pourquoi croyez-vous que j'ai accepté ce rendez-vous avec vous ?

4

C'est vrai que je ne sais rien de lui. Il est peut-être banal, prétentieux, sans intérêt. Un homme de cinquante ans, cinquante-cinq exactement, cinq cinq, comme il dit quand on lui demande son âge. Un type entre deux âges donc, qui se teint les cheveux. C'est la première chose que j'ai remarquée : il se teint les cheveux en brun foncé, presque noir. Plus tard je n'y prêterai plus attention, je ne le verrai même plus, de toute façon, à Buenos Aires, tous les *milongueros* vieillissants font de même. Il est petit, agile. Il a un visage mobile, intelligent, roué, avec une lueur jeune et innocente quand il sourit. De belles mains, assurément, des mains à toucher les étoffes, toutes sortes d'étoffes coûteuses, précieuses. Un jour, dans un café près de chez moi, je tomberai par hasard sur une photo de Christobal Balenciaga, et je noterai dans mon cahier couleur sable : Il a quelque chose du jeune Coco, le même front, les mêmes cheveux gominés et peignés en arrière, le même œil brillant, allumé, la même élégance des années cinquante ; ils portent bien les mêmes couleurs : blanc et noir. Et entre parenthèses, une différence pourtant : les femmes devaient être folles de lui (de Coco, bien entendu). Il est donc argentin, Orlando Coco Dias, né dans la région de Chaco, à Resistencia, dans le nord-est de l'Argentine, mais il a passé la plus grande partie de sa vie argentine dans un bidonville de la banlieue de Buenos Aires. Il vit en France depuis trente ans, vingt-neuf exactement. Il est arrivé en bateau à Nice, seize jours de trajet, cinq escales, il y a vingt-neuf ans, pendant la dictature, bien que la situation politique de son pays ne soit pas à l'origine de son départ. Une nuit, au Latina, nous tomberons par hasard sur une autre Argentine, Gricelda Sarmiento, psychanalyste, qui était sur le bateau avec lui. Danseur de tango donc. Un danseur-né, autrement dit : il a ça dans le sang. « Ça » veut dire : le tango. C'est à peu près tout ce que je sais de lui. Non, je sais aussi qu'il boit du thé, seulement du thé, jamais de *mate* ou de café, du thé donc, dans lequel il trempe toutes sortes de biscuits, croissants, pains aux raisins ou au chocolat. Il a une chemise de rechange dans son sac. Et surtout, détail curieux, à ne pas oublier : une plume tatouée sur la poitrine. « Elle est pour toi... », a-t-il dit avec un air sérieux quand je l'ai vue pour la première fois. C'est aussi tout. Tout ce que je sais de lui. Mais plume ou pas plume, il se peut qu'il soit banal, sans intérêt et que je sois en train de faire fausse route.

C'est exactement cette phrase-là que je répète pour la deuxième fois quand j'attache mon vélo près du métro et lève le regard en face, vers l'autre sortie du métro Porte-Dorée. Il ne fait pas froid pour un mois d'octobre, les feuilles commencent à voler et à tapisser les trottoirs. Il m'a donné rendez-vous à cinq heures et demie devant le métro, côté kiosque à journaux. Je ne serai peut-être pas tout seul, a-t-il dit. Quand je regarde de l'autre côté du boulevard, vers le kiosque à journaux, je ne vois personne. Si, il y a un homme, un bob sur la tête, un grand landau devant lui, mais ce n'est pas lui. Si, c'est lui, je m'exclame toute seule, quand je traverse le boulevard et m'approche de Coco Dias et du landau. Est-ce que j'ai besoin de souligner que je ne comprends rien à ce qui se passe ? Ne devait-il pas me donner un cours, ne devions-nous pas parler, n'ai-je pas pris mon cahier avec moi ? Ne devions-nous pas commencer, c'est ça, commencer... Il attend que je l'embrasse pour me dire à l'oreille : « C'est mon fils. »

— Ton fils ?

— Il s'appelle Gaëtan. Nous avons perdu une chaussette...

Je me penche vers le landau. Me voilà nez à nez avec un bébé, un garçon, visage rond, peau très blanche, peau de fille, grands yeux brillants avec de longs cils recourbés. Il me regarde, lui aussi. Il me sourit. Il ressemble à son père, c'est Coco Dias en miniature ; Coco Dias en miniature qui aurait perdu une chaussette.

— On y va ? Gaëtan a faim... On va lui donner à manger. Viens...

Je ne comprends toujours pas. Nous montons le boulevard, nous tournons à gauche, nous traversons le parc devant l'immeuble. Il faut porter le gros landau jusqu'au premier étage. Coco ouvre la porte de l'appartement où nous avons déjà dansé ensemble et où il m'a fait sa proposition. Le bébé commence à s'impatienter.

— Tiens-le, je vais lui préparer un biberon..., dit-il et il me le pose dans les bras.

Le petit arrête de pleurer, de surprise plutôt. Il est doux, il sent bon comme tous les bébés, il doit avoir six, sept mois, huit peut-être. Il a un regard éveillé, curieux, intrigué même. Qui est celle-là, je ne la connais pas, se demande-t-il en tournant sa tête vers moi. De ma main libre, je masse son petit pied tout froid. Je le promène dans le petit deux pièces, prêté à Coco par un ami : une chambre avec un lit, une armoire, un salon, si on peut l'appeler ainsi, vide, excepté le lecteur de CD et le gros lapin en peluche. Le lapin, plus grand que le bébé, ne semble pas du tout l'intéresser. Il a faim, il faut le dire comment? J'essaye de le distraire. On va à la fenêtre qui donne sur un jardin curieusement strict et symétrique. En face, de l'autre côté du couloir, dans une cuisine tout en longueur, à peine meublée, Coco s'affaire avec la nourriture de son fils. Visiblement, il a tout prévu : lait en poudre, biberon, bavette, couche de rechange... Tiens, dit-il en s'avançant et en me tendant le biberon tiède, comme si ça aussi, c'était prévu. Prévu par lui, bien sûr, moi je ne fais qu'obtempérer, suivre le mouvement; il a de toute évidence un vrai talent de la mise en scène. Cette scène-là, la première, l'initiale, pourrait s'appeler : Coco a un fils. Elle est efficace, fluide, presque sans paroles. Tout est clair, tout est dit, l'essentiel en tout cas. Il a un fils, il est fier de lui, c'est son trésor. Le fils dans les bras, en continuant dans mon rôle surprise, je vais dans la chambre, le seul endroit dans l'appartement où l'on puisse s'asseoir. Coco reste debout, souriant, content de la scène qu'il a sous les yeux, puis il disparaît dans la pièce à côté, me laissant seule avec le petit.

Comment répondrais-je si quelqu'un, Félix par exemple, ou Natacha, ou l'homme aux quatre initiales, ou toi, oui, toi, me demandait ce que j'ai fait cet après-midi-là ?

« J'ai donné le biberon à un bébé de sept mois que je ne connais pas, le fils d'un danseur de tango, Coco Dias, que je connais à peine. »

Ou bien : « J'ai essayé de réchauffer le petit pied d'un bébé pendant que je lui donnais son biberon. On était assis sur un lit dans un petit appartement au premier étage d'une HLM, construite dans les années trente au bord du boulevard des Maréchaux. Un appartement modeste, à peine meublé : un lit, une armoire, un réchaud dans la cuisine, un lecteur de CD, un gros lapin en peluche... Un lapin avec une expression parfaitement idiote... »

Ou : « J'ai nourri un enfant, Gaëtan. Je lui ai donné son biberon. Il s'est endormi dans mes bras aux sons de *Vieja Recova*, un tango d'Osvaldo Pugliese. Je l'ai posé sur le lit, je l'ai couvert avec une petite couverture en laine et je suis allée dans la pièce à côté où m'attendait son père, Coco Dias, danseur de tango. On s'est mis à danser... On a complètement oublié le bébé, moi du moins. Il ne disait pas grand-chose entre les tangos. Visiblement, il n'avait pas trop envie de parler cet après-midi-là. Il marmonnait juste de me laisser faire, d'avoir confiance en moi, confiance dans mon inspiration. C'est ça, inspiration. Parce que le tango était aussi ça : confiance, inspiration... Après cinq, six tangos, on a changé le bébé qui s'était réveillé entre-temps. Tu ne devineras jamais ce qu'on a trouvé dans sa couche. Une chaussette. Une chaussette d'enfant... Quand on est sorti de l'appartement, quand on a descendu le boulevard jusqu'au métro Porte-Dorée, il faisait déjà nuit. »

Ou tout simplement : « Ça a commencé. Mon livre sur Coco Dias... »

5

Je feuillette mon cahier couleur sable sur lequel j'ai écrit : Coco Dias. Je prends toujours des notes quand j'écris, toutes sortes de notes, pas forcément en rapport avec le roman en cours. Je peux marquer, par exemple, en bas de page, pour ne pas oublier, pour rester vigilante, pour avoir une certaine morale : *Écrire serré, sobre, sans effets de style... Écrire vrai surtout... Raconter...* Ou dans le même genre, en bas de page aussi : *Le secret d'ennuyer, c'est de vouloir tout dire...* Ou encore : *Le moment de vérité n'a rien à voir avec le réalisme.* Ou : *Ce qui se passe réellement, c'est ce qui m'arrive à moi.* Ou bien noter au vol une phrase qui me plaît : *Cette obscure clarté qui tombe des étoiles...* Ou cette citation de Borges dans l'original : *Todo sucede por la primera vez en el jardín del amor.* Avec un grand point d'interrogation. Et entre parenthèses : *est-ce que c'est vrai ? Est-ce que Borges a raison ? Est-ce que tout arrive vraiment pour la première fois dans le jardin de l'amour ?*

J'ai un tas de cahiers dans ma chambre. Vieux, jaunis, chiffonnés, tachés d'encre ou d'autre chose, numéros de téléphone ou adresses inscrits à la hâte sur le dos; cahiers qui ont servi, cahiers qui ont vécu, avec une remarque toutefois : je ne suis pas particulièrement soigneuse. Celui qui accompagnait *Chef-d'œuvre* est toujours sur mon bureau; rouge, avec une bande noire, rempli à moitié : détails sur Agathe, sur son ex-mari, réflexions sur l'art, sur Velázquez surtout, et ainsi de suite...

Le nouveau, couleur sable, est encore tout propre, à peine entamé, une dizaine de pages, pas plus. Je fais très attention à lui. Je ne me dis pas comme pour les autres : si je le perds, ce n'est pas grave, j'ai de l'imagination. Je ne l'ai pas tout le temps dans mon sac; je ne le prends avec moi que quand je vais à la Porte Dorée, quand j'ai rendez-vous avec Coco. Je ne le truffe pas non plus d'injonctions littéraires, de bouts de phrases qui me plaisent ou de citations. J'y écris le plus lisiblement possible, avec de vraies phrases, phrases courtes, noms, dates, le tout sans ratures, enfin, j'essaye... D'habitude — car nous commençons à avoir nos habitudes — c'est dans la cuisine, pendant la pause, après la première série de tangos, en attendant que l'eau pour son thé se mette à bouillir. Je m'assieds à côté de l'évier ou par terre, ça dépend, mon cahier sur les genoux. Lui reste debout, parce qu'il veut me montrer un pas, un geste, une attitude, mais aussi tout simplement parce qu'il n'y a rien pour s'asseoir. L'eau sur le petit réchaud est longue à bouillir, nous avons tout notre temps. Il sort des tasses, des sachets de thé, des croissants ou des pains aux raisins, ou bien des biscuits... Je le regarde faire, je l'observe, je suis attentive. Je l'écoute, je pose des questions... Je vois qu'il est encore méfiant, il est sur ses gardes, il ne me connaît pas. Il m'appelle *B*alérie, même après trente ans de vie en France il ne distingue pas bien « b » et « v ». Pour lui, je suis donc Balérie, Balérie Nolo, il connaît mon odeur, mon cou, mes épaules, ma poitrine, mes hanches, mes jambes — tu as de belles jambes, alors allonge bien tes pas pour qu'on les voie, dit-il. Il connaît mon nom, mon prénom et mon corps. Sinon il n'a aucune idée de qui je suis et de ce que je vais écrire ; moi non plus, d'ailleurs je continue à lui faire des chèques chaque fois qu'on se voit. Je lui demande de ne pas les encaisser, c'est-à-dire de le faire dans le cas où je changerais d'avis. Comme ça j'ai une porte de sortie, je ne lui dois rien, au revoir Coco, on arrête les frais, ce n'était pas mal, mais j'ai des doutes, je ne suis pas sûre de moi, je ne sais pas quoi faire de tout ce que je note dans mon cahier.

C'est vrai, qu'est-ce que je peux faire avec ça? Coco met du sucre dans son thé. Coco est plutôt élégant dans son genre, il s'habille bien, de belles chemises noires ou blanches; surtout blanches. Le blanc, c'est sa couleur. Il a même une paire de chaussures de tango blanches. L'été, il ne s'habille qu'en blanc. Sur les premières pages de mes notes, la même couleur revient sans arrêt; et ça ne s'arrêtera pas là, c'est comme un leitmotiv, une signature. Quand je le lui fais remarquer, il dit : Tu ne sais pas d'où je viens... Il le répète : Tu ne sais pas d'où je viens. Est-ce l'idée de la pureté ou de l'innocence qu'il y a derrière ? Ou bien autre chose qui n'a rien à voir ni avec l'une ni avec l'autre ? Il n'a fait que deux années d'école élémentaire. À neuf ans, il commence à travailler. Il cire des chaussures et vend des journaux ; il faut rapporter de l'argent à la maison, aider sa mère, qui a quitté son mari avec ses deux enfants (Coco et sa sœur Isabel). Il gagne trois mille cinq cents pesos par mois, je n'ai aucune idée de ce que ça devait représenter, pas grand-chose certainement. Pendant qu'il devrait être en classe comme tous les enfants de son âge, Coco, Coquito, comme on l'appelle, vend les journaux et fait *lustrador de zapatos* devant l'entrée de la gare José León Suárez. Le soir, après dix heures de travail et avant de rentrer, il va faire un billard ou deux dans un café, comme un adulte, comme un homme. Son grand souvenir de l'école, c'est l'uniforme blanc. Il portait un uniforme d'un blanc immaculé. Quand il est arrivé à Buenos Aires, en train, je ne sais pas quel âge il avait, quand il s'est retrouvé à la gare de Retiro, c'était grandiose. Comme s'il était arrivé au paradis. Ou à New York, ce sont ses mots à lui. Les chauffeurs de taxi portaient tous des gants blancs.

Il y a aussi 840, trois chiffres, un nom de code à la place du vrai nom. Ocho Cuarenta ou tout simplement Ocho. « Je ne veux pas te dire son vrai nom. Je ne veux pas qu'il aille en prison, tu comprends... », a dit Coco quand il m'a parlé la première fois de lui. C'est un personnage omniprésent dans mon cahier et dans nos conversations ; il m'arrive même de penser à lui en dansant avec Coco. Ou encore mieux : il m'arrive de penser que je danse avec lui et non avec Coco. Ocho donc, qu'on appelait Criminal quand il était petit. Parce qu'un jour son père l'a surpris en train de bastonner sa petite sœur et s'est mis à crier : criminal, criminal... Un gosse d'une grande famille italienne. Un gamin indomptable, violent. Plus tard un jeune homme mince à la beauté de chef, un mélange de brutalité et de désinvolture avec sa mèche blonde dans les yeux. Il a de la classe, du succès auprès des filles, il en impose. Il est important pour Coco : un grand frère, un modèle, une source surtout. Il lui apprend le tango, c'est par lui que s'est faite la transmission. Plus âgé que lui, mais venant du même quartier, du même bidonville, de la même *villa miseria*, de la même misère tout court. Sauf qu'Ocho a mal tourné, enfin, ça dépend de quel point de vue on se place. On pourrait dire qu'ils ont réussi tous les deux, ils se sont fait un nom, chacun à sa manière : Coco dans le tango, 840 dans la drogue. Par la suite, à Buenos Aires, dans un café sinistre, à l'*esquina* de Brasil et Santiago del Estero, je vais écrire dans mon cahier : il faut me dire que je ne rêve pas, que je peux le toucher, que c'est lui, 840. Ce n'est plus un jeune homme fringant, sa mèche blonde est blanche sous son shampoing colorant, il a du mal à respirer, toute la police de Buenos Aires est à ses trousses, mais c'est lui, Ocho.

Un autre souvenir de Coco, dans les premières pages de mon cahier, avec Ocho certainement, même s'il ne joue pas les premiers rôles : c'est un samedi soir, ils vont danser à Tigre, dans le delta du Río de la Plata, toute la bande des jeunes du quartier. Coco est parmi les plus petits, il a quatorze, quinze ans, il adore ces sorties de fin de semaine, il adore danser. Et il le fait bien, très bien. Il a même gagné un concours de tango avec sa sœur Isabel. Il a un seul problème, toujours le même : il n'a pas de veste, et pour aller danser le tango, il faut être bien habillé, c'est-à-dire avoir une veste. D'habitude il trouve une solution : ou bien il se faufile entre ceux qui sont habillés comme il faut, ou bien il attend dehors pour qu'on lui en jette une par la fenêtre, le temps qu'il puisse rentrer. Mais cette fois, à Tigre, ça ne marche pas. Coco a son billet, mais le gars à l'entrée est intraitable, et aucune veste ne tombe par la fenêtre. Coco se met à errer dans les rues désertes. Il est tard, tout le monde dort, les lumières sont éteintes. Non, il y en a une qui reste allumée. Coco sonne à la porte d'un petit pavillon. Une vieille femme — enfin, elle avait peut-être le même âge que Coco aujourd'hui — ouvre la porte. Qu'est-ce qu'il fait, le gamin, à cette heure-ci dehors, devant sa porte ? Coco dit qu'il a froid, n'aurait-elle pas une veste à lui prêter, il va la rapporter plus tard, c'est sûr, il va la rapporter, elle peut le croire sur parole. La femme lui propose un pull, un tricot, une chemise... Non, non, Coco veut une veste. Une veste ? Oui, une veste. Elle le laisse un long moment seul à la porte, au point qu'il veut déjà partir tenter sa chance ailleurs. Quand enfin elle apparaît de nouveau, elle a une veste dans les bras. Elle est grande, beaucoup trop grande pour lui, mais c'est une veste, une vraie. Il a du mal à cacher sa joie, il est perdu dedans, mais il retrousse les manches, voilà, ça va aller, elle est parfaite, c'est ça, parfaite, il va la rapporter, il ne faut pas s'inquiéter, il faut lui faire confiance. Quelques heures plus tard, des heures heureuses — c'est le matin, un matin rayonnant après une heure ou deux de sommeil au bord de la rivière —, il sonne de nouveau à la porte de celle qui lui a sauvé la nuit, la femme lui dit qu'il peut la garder ; elle était à son mari, il est mort, elle ne sert plus à rien. Dorénavant, elle servira de nouveau. Pendant très longtemps ce sera la seule veste de Coco, son élégance, son sésame.

6

Un matin au mois d'octobre — j'ai rencontré Coco Dias en septembre — j'ai un coup de fil de Robert, mon éditeur. Il veut savoir comment avance mon *Chef-d'œuvre* (j'ai hésité entre la minuscule et la majuscule). Il tourne autour, demande si ça va, prend des nouvelles de mon fils, même de mon chat (Robert comme lui), mais en substance c'est ça : est-ce que tu écris, est-ce que ça avance, est-ce que je peux compter sur toi pour la rentrée? C'est normal, je lui ai beaucoup parlé d'Agathe, je le faisais avec tout le monde et avec lui encore plus, il est censé être mon premier et mon plus sévère lecteur. Sans le vouloir, je le faisais rire avec ses petites phobies et manies, sa peur de la ménopause surtout (qui l'intriguait beaucoup, comme si je pouvais le renseigner là-dessus), même son admiration pour Velázquez, bien qu'Agathe ait raison, disait-il, *Les Ménines* est un chef-d'œuvre absolu.

— Comment va-t-elle alors? demande-t-il au bout de quelques moments de silence, parce que je ne réponds pas tout de suite.

C'est maintenant que je peux lui parler, voilà le moment idéal. Je peux lui dire que j'ai rencontré un danseur de tango, un grand danseur qui m'a proposé un marché, un contrat. Une proposition, un marché, un contrat qui ne se refusent pas. Surtout si on aime le tango, si on veut y comprendre quelque chose, si on est tombé dedans comme moi. Ou tout simplement si on veut devenir une très bonne danseuse, et c'est mon cas, oui, je veux devenir une danseuse de tango, c'est important pour moi, aussi important que la littérature. Alors je lui ai dit « oui », j'ai acheté un nouveau cahier, je vais une fois par semaine à la Porte Dorée.

Soudain je me rends compte que personne ne sait ce que je fais une fois par semaine à la Porte Dorée. Si, Natacha. Je lui en ai parlé. Je lui en ai parlé dans un moment de faiblesse, de questionnement où je n'étais plus tellement sûre de la décision d'abandonner mon *Chef-d'œuvre.* Je n'ai surtout pas dit « mon chef-d'œuvre », ni majuscule ni minuscule, rien, d'ailleurs je ne racontais à personne comment je comptais appeler ce livre, et encore moins à Natacha qui l'aurait pris comme un affront personnel. Car Natacha Pernetty est écrivain comme moi, non, meilleure, nettement meilleure. Elle voulait toujours être meilleure, à partir de notre premier jour. On s'est rencontrées, il y a quelques années, à une foire littéraire. On était assises côte à côte. On s'ennuyait ferme, les gens passaient devant nous sans s'arrêter ou bien pour lire la quatrième de couverture ou pour voir notre photo affichée au-dessus de nous, vérifiant qu'en réalité on était moins bien que sur la photo, mais oui, on triche toujours avec les photos, c'est connu, puis pressant le pas pour aller rejoindre la queue devant une star de télé qui a publié un livre. Alors on comptait nos exemplaires vendus. Onze pour Natacha, huit pour moi, en un week-end entier à Saint-Étienne ou à Saint-Chamond, je ne sais même plus. Elle était contente, très contente, elle avait sorti tous ses atouts pour me battre au score, même son décolleté généreux ; par la suite, j'ai découvert que c'était encore ce qu'elle avait de plus généreux. Mais au début, il faut le dire, elle m'éblouissait, elle me fascinait, elle m'intriguait. Son aplomb, sa façon de parler, de se mouvoir, de s'habiller, d'être sûre d'elle aussi. Même son Robert. « Je dois rentrer, il y a Robert qui m'attend... Il ne peut pas s'endormir tout seul. Il a besoin de se blottir contre moi, tu comprends... », me disait-elle, avec un petit air affecté. J'acquiesçais, je comprenais, je l'enviais même, d'autant que moi je n'avais personne qui m'attendait à la maison pour pouvoir s'endormir et encore moins se blottir contre moi. Le père de Félix venait de déménager et d'emmener avec lui notre fils de treize ans ; et puis, de toute façon, ça faisait longtemps que nous ne nous blottissions plus l'un contre l'autre. En revanche, j'ai mis quelque temps à comprendre que Robert, le pauvre vieux qui attendait Natacha pour s'endormir contre elle, n'était rien d'autre que son chat qu'elle voulait faire piquer. « Il peut mourir d'un jour à l'autre, je serais incapable d'affronter sa mort, tu comprends... Me réveiller à côté d'un chat mort, non, non, non... », répétait-elle avec horreur, en serrant sa bouche comme elle fait quand elle est contrariée. Alors je ne sais pas bien pourquoi — je n'aime pas particulièrement les chats —, je lui ai proposé de le prendre chez moi, même s'il pouvait mourir d'un jour à l'autre (le risque que nous courons tous). Sinon, Natacha est une grande blonde, qui porte des talons pour être encore plus grande. Elle est assez jolie, surtout de profil. Elle ne s'expose jamais au soleil, ne fume pas, ne boit pas d'alcool. Elle se couche tôt et va à la piscine trois fois par semaine. Je me protège, dit-elle. C'est difficile de lui donner un âge. Si elle continue à se protéger comme elle le fait, avec l'aide d'un bon chirurgien esthétique, on lui donnera toujours quarante ans, quand en réalité elle en aura soixante-cinq. Elle n'a pas d'enfants. « Je fais des livres... », répond-elle quand on lui pose la question. Elle écrit dans une langue qui lui ressemble : souple, soucieuse de plaire. Fabriquée aussi, menteuse et envieuse. Elle est rapide, lit beaucoup, tient un blog; il faut dire qu'elle peut avoir un très bon jugement. Alors je l'appelle quand je doute de moi ou si je pense que je suis en train de me tromper, de m'embarquer dans une mauvaise histoire (littéraire, j'entends). Voilà la raison pour laquelle je lui ai parlé de la Porte Dorée. « Je me demande si c'est une bonne idée, cette histoire de danseur de tango, tu comprends..., lui ai-je dit au téléphone après avoir raconté brièvement de quoi il s'agissait. — Je ne crois pas..., a-t-elle répondu au bout d'un moment. — Tu ne crois pas ? — Non, non, je t'assure, Valérie. Tu peux me faire confiance... », a-t-elle ajouté. Alors ça veut dire que c'est plutôt bon, que ça va, que je peux continuer, me suis-je dit en raccrochant. La rivalité littéraire a décidément ses bons côtés.

J'en ai parlé aussi à l'homme aux quatre initiales. Ce

n'était pas du tout dans le même but qu'avec Natacha, même s'il nous arrivait de parler littérature. Parler littérature voulait dire parler de nous, essayer de nous connaître, malgré le fait qu'on n'avait pas du tout les mêmes goûts. Lui c'est plutôt Beckett ou bien cette écriture française austère, blanche, poétique, pour ne pas dire constipée — je ne sais pas comment l'appeler — dont de temps en temps il m'envoyait quelques citations comme celle-ci : « Aiguise ton refus sur la lame du silence. Ne dis rien de tes absences. Parler, pourquoi parler ? » Pourtant il n'arrêtait pas. Il me parlait de son travail (il est avocat d'affaires), de sa première femme (complètement neurasthénique), de la deuxième (égoïste et pas du tout sensuelle), de la société française (assez égoïste, et pas vraiment sensuelle non plus). Je l'écoutais avec beaucoup d'intérêt. C'est un homme fin, intelligent, cultivé, je pourrais dire plus fin, plus intelligent et plus cultivé que moi. Il parle bien, avec des inversions et des liaisons à la Chirac. Il a une belle graphie serrée et anguleuse qui ressemble à son visage ; il signe avec ses quatre initiales. Plus âgé que moi, mais souple et bien conservé : il joue au tennis, va au hammam, mange japonais à midi et se couche à onze heures du soir comme Natacha. Alors tu peux t'imaginer que je me demande ce qu'il fait avec moi. Il faut dire que ça se résume à peu de chose : en tout, et si je ne compte pas le cocktail, on s'est vus trois fois. Trois fois dans des arrière-salles de bars assez chics et sombres ; trois fois donc où nous avons beaucoup parlé et où il a essayé de poser ses longues mains osseuses sur les miennes, puis s'est ravisé au dernier moment. Il m'a dit qu'il était un peu plus heureux depuis qu'il me connaissait. Mais je peux aussi retourner la question et me demander ce que je fais, moi, avec cet homme qui n'est pas vraiment mon genre. D'ailleurs c'est quoi, mon genre ? Est-ce que le père de Félix, illustrateur de livres pour enfants, fils d'une infirmière catalane et d'un ingénieur en bâtiment breton, mais parisien de naissance comme moi, quarante ans et quelques comme moi, aimant à peu près les mêmes auteurs que moi (et je ne vais pas entrer dans les détails...), est-ce que le père de mon fils était donc mon genre ? Est-ce que Coco Dias serait mon genre ? Ou Fabian ? Ou les hommes avec qui je danse le tango ? Alors qu'est-ce que je faisais avec l'homme aux quatre initiales duquel j'ai pensé un moment qu'il n'était pas mon genre ? Je voulais comprendre quelque chose au genre, justement ; au genre masculin en général, et aux hommes en particulier. Je le lui ai dit, d'ailleurs. Je lui ai dit que les hommes m'intéressaient, que je les étudiais, c'est ça, même si je n'avais pas beaucoup d'exemplaires sous la main, et que c'était une des raisons pour lesquelles j'avais accepté un rendez-vous. J'ai pensé qu'il serait vexé et ne m'appellerait plus, que c'était le genre d'homme justement qui pouvait se vexer pour une chose pareille. Mais il n'en était rien, au contraire : le lendemain, il m'a envoyé un grand bouquet de roses avec un mot écrit à la main : « Heureux que vous vous intéressiez à moi. » Depuis, il me téléphone tous les deux jours, il me demande comment je vais, si j'écris et si ça continue avec Coco Dias. Non, non, il dit plutôt : « Est-ce que vous allez toujours à la Porte Dorée ? » Il met de l'étonnement et de l'ironie dans sa façon de prononcer « porte-dorée », comme si c'était une chose sans importance, complètement périphérique, un caprice, une lubie. Y a-t-il eu la Porte Dorée cette semaine, Valérie ? Ou bien : Et la Porte Dorée, ça va ? demande-t-il. J'hésite à répondre, je dis « oui » ou « non », ou bien j'élude la question. Je veux le garder pour moi.

— Valérie ?

C'est Robert, qui attend patiemment à l'autre bout du fil.

— Ça va ?

— Oui, oui...

— Tu ne m'as pas répondu pour Agathe...

Je suis assise sur le canapé, avec l'autre Robert sur les genoux. Pour un vieux chat qui devrait mourir d'un jour à l'autre, il se porte plutôt bien : il va partout, il s'intéresse à tout. Mais dès que je me pose quelque part, par terre ou sur le canapé ou même sur le rebord de la baignoire, il saute sur mes genoux et ne veut plus bouger. Il est content, il ronronne comme un fou, c'est le fin du fin. Robert, l'éditeur, a raison : je n'ai encore rien dit. Je suis toujours lente le matin. Et puis je viens de me rendre compte de quelque chose : ce n'est pas que je ne veux pas trop parler de ce qui se passe à la Porte Dorée. Je ne veux pas en parler du tout.

— Agathe ? Elle va bien... Beaucoup mieux qu'au début, en tout cas...

— Ça avance donc ? Elle est toujours aussi drôle, ton héroïne ?

7

Drôle ? Je n'ai jamais dit qu'elle était drôle, au contraire. Agathe manque d'humour, elle est rigide, maniaque même, surtout pour les choses qui n'en valent pas la peine. Mais on comprend toujours ce qu'on veut bien comprendre. Voilà une des raisons pour lesquelles j'ai commencé à danser le tango. Je ne voulais plus me tromper sur les autres. Je ne voulais plus comprendre uniquement avec des mots, ne souris pas, je suis sérieuse. Est-ce qu'il existe une autre activité où l'on est à ce point à l'écoute de l'autre que dans le tango ?

Ce n'était pas l'unique raison, bien entendu. Je me suis retrouvée seule, le père de Félix venait de faire ses valises, en embarquant aussi celles de notre fils, sans parler des meubles, de la vaisselle, des bouquins, la télé, la chaîne, même la petite armoire à pharmacie qui appartenait à ma mère... Seule dans un grand trois pièces presque vide, seule comme beaucoup de gens qui dansent le tango à Paris. Les soirées s'étiraient à l'infini, je n'arrivais pas à dormir, ni à écrire non plus, les nuits me paraissaient infranchissables. C'était l'époque où j'étais devenue experte en nuits blanches. Je faisais du vélo la nuit et acceptais volontiers toutes les invitations aux foires, salons, tables rondes ou autres manifestations littéraires, que ce soit à Saint-Étienne, Saint-Chamond ou Saint-n'importe-où, du moment que je sortais de Paris et n'avais pas besoin de passer la nuit chez moi. J'avais besoin qu'on m'enlace, besoin d'enlacer aussi.

Et puis je suis curieuse. Je suis curieuse des autres. Les gens m'intéressent, tous, surtout ceux qui ne me ressemblent pas. Et le tango est un milieu idéal pour ça : dans le tango, il n'y a pas de milieu, dans le sens où les gens viennent de tous les milieux. Au début, je n'arrêtais pas de m'émerveiller ; je pouvais danser dans la même nuit avec un coiffeur, un flûtiste, un chômeur de longue durée, un avocat international, un électricien, sans parler du fait que le flûtiste était banlieusard, le coiffeur lyonnais, l'électricien algérien sans papiers, et ainsi de suite... Je ne cessais de poser des questions : qu'est-ce que vous faites dans la vie ? Coiffeur ? Coiffeur à domicile ? Ça se passe comment, un coiffeur à domicile ? Vous êtes divorcé ? Et vous n'avez pas d'enfants ? Qu'est-ce que vous faites le soir, quand vous ne dansez pas ? Est-ce que vous dormez bien ? Quel âge avez-vous ? Où avez-vous appris le tango ? Et pourquoi le tango justement ? Au bout de quelque temps, quand j'ai commencé à danser un peu mieux, j'ai arrêté les interrogatoires. J'essayais même d'éviter de parler. Il y avait des choses plus intéressantes à découvrir sans devoir passer par la parole. Que l'électricien algérien de Marseille par exemple, un jeune homme timide au visage banal, cheveux drus et dents trop écartées, n'était en vérité pas si timide que ça, il était franc, ardent, entraînant, audacieux même, souple et doux dans le bassin, avec un sens du rythme impérial, il doit être un bon amant, crois-moi. Nettement meilleur en tout cas que l'avocat à la retraite, beau gosse aux cheveux argentés qui se parfume avec *Égoïste*, suffisant sous ses manières policées, égoïste justement, et maniéré, se regardant lui-même, même en dansant, ne dansant que pour lui, ne cessant de s'admirer dans le miroir de la personne en face. Ou le coiffeur à domicile, somme toute pédant, pinailleur et tiède, malgré son tango qui en jette plein la vue. Ou le chômeur, à éviter, non pas parce que chômeur professionnel, mais parce que étriqué et sans vie, un sac à patates qui se déplace sur les pas du tango. Ou encore le musicien, le flûtiste, directeur de conservatoire de banlieue, enfin, je me demande ce qu'il est vraiment, en tout cas, la musicalité, il ne sait pas ce que c'est. Petit à petit il me semblait comprendre à qui j'avais affaire. J'aimais bien cet accès à l'envers du décor. Je commençais à me faire confiance, un peu trop peut-être. Car on peut se tromper aussi, comme moi dans le cas de Fabian. Mais j'anticipe...

Coco Dias le dit autrement. « Le corps ne ment pas... », répète-t-il. Il dit aussi : « En dansant, on peut toucher au mystère de l'autre. » Ou : « On danse pour sentir son corps. » Ou même : « Quand ça se passe bien avec le corps de l'autre, on n'a pas besoin de parler. »

Il me dit aussi : « Ne t'accroche pas à moi comme si tu cherchais un sauveur... »

C'est notre quatrième ou cinquième fois à la Porte

Dorée. Je m'assieds par terre entre les tangos, à côté du gros lapin au sourire idiot. Je porte mes vieilles chaussures rouges, une jupe noire, un pull en coton. Je sens bien qu'il y a quelque chose qui ne va pas. Pourtant il ne me dit pas que j'ai plein de défauts et qu'il faut tout recommencer de zéro (comme font la plupart du temps les professeurs de tango à Paris pour s'assurer des élèves). Il ne fait pas non plus toute une science des *ochos, giros* ou *voleos.* Il a l'air de dire qu'un *ocho* est un *ocho,* l'homme qui fait pivoter la femme devant lui en un mouvement circulaire qui ressemble à un huit. Et un *giro* un *giro,* la femme qui tourne autour de l'homme, comme la lune autour du soleil. Tandis qu'un *voleo* ressemble tout bonnement à un coup de fouet, exécuté par une jambe pendant que les hanches sont en train de tourner, quoi de plus simple... Peut-être, oui, ça dépend, en tout cas, il ne dit rien sur ma façon de tourner, de pivoter avec mes hanches, de fouetter avec mes jambes. Il ne me corrige pas. Il me dit de ne pas trop appuyer ma tête contre la sienne, c'est gênant, enfin, il n'aime pas ça — et d'écouter la musique, la musique et les paroles aussi, il ne faut pas oublier les paroles. Puis il règle mon pas de marche au sien. C'est important, il faut qu'on soit ensemble, dit-il. Mais c'est aussi tout. Pas trop appuyer la tête, écouter la musique, me caler bien sur ses pas à lui... Et après aller prendre un thé avec des gâteaux secs dans la cuisine à côté.

Est-ce donc ainsi qu'il entend m'apprendre à danser, à faire de moi une ballerine comme avec Cremilda ou Morocha ? Ou avec Pampita ? Ça ressemble à ça, les cours de Coco Dias ? Et dire que j'ai laissé tomber Agathe pour quelqu'un comme lui, pensé-je (je n'aime pas les inversions), en retirant mes vieilles chaussures rouges pendant que Coco met de l'eau à chauffer dans la cuisine.

Mais peut-être qu'il n'y a rien à dire justement. Rien à dire, rien à faire, rien à tirer de moi. Parce que je suis une danseuse sans envergure, ça saute aux yeux, une danseuse sans style, médiocre, sans intérêt... Qui n'a pas de grâce, pas d'inspiration, qui n'ose pas, ne se déploie pas, ne se lâche pas, n'est pas vraiment à l'aise dans son corps, qui ne s'assume pas, comme disait le père de Félix. Qui n'a pas de grâce, pas d'inspiration, qui n'ose pas, ne se déploie pas, ne se lâche pas, n'est pas vraiment à l'aise dans son corps, ne s'assume pas (je le répète pour ne pas l'oublier). Pourquoi donc vouloir apprendre cette danse qui ne me met pas simplement à nu, mais m'humilie en même temps? Pourquoi j'insiste? N'ai-je rien d'autre à faire? Qu'est-ce que je fabrique ici, assise par terre à côté de ce lapin béat? Qu'est-ce que c'est, cette histoire?

— Tu viens, Balérie! s'écrie-t-il de la cuisine.

Je viens, je viens... Je m'installe à côté de l'évier, mon cahier sable sur les genoux. Je le regarde faire : deux tasses, deux sachets de Lipton, deux sucres, deux cuillères, et je connais la suite... Je n'ai pas envie de parler aujourd'hui. Je n'ai pas envie d'écouter non plus. Je voudrais m'en aller, maintenant, tout de suite, en pleine cérémonie de thé et de biscuits. Je voudrais quitter ce petit appartement meublé d'un mauvais goût très sûr de soi, et mon maestro de tango, très sûr de soi aussi. Mais je ne suis pas simplement une danseuse sans envergure, sans grâce, sans inspiration, qui n'ose pas, ne se lâche pas et ainsi de suite... Je suis, hélas, aussi quelqu'un de sérieux et d'appliqué, comme Agathe. Si je commence quelque chose, je vais au bout. Et j'en rajoute une couche, j'enfonce le clou. C'est peut-être même un de mes traits principaux, n'est-ce pas... Quand on va sortir d'ici, je vais prendre mon vélo. Je vais prendre mon vélo et je vais traverser Paris comme je le faisais après le départ de Félix et de son père. Je traversais Paris parce que je ne pouvais pas dormir, parce que trop de pensées me traversaient; alors pour ne plus être traversée, c'est moi qui traversais.

8

Les hommes n'ont pas beaucoup d'imagination, songé-je (c'est encore pire que « pensé-je »), quelques heures plus tard, assise au bar du Latina. Au fond, ils sont tous pareils. Ils obéissent aux mêmes clichés, avec quelques variations et écarts, c'est triste, mais c'est comme ça. J'ai donc traversé Paris. J'ai pris des petites rues, des passages, mais aussi des boulevards, des ronds-points, des places et des ponts... À dix heures passées, je me suis arrêtée dans un bar près de la Bastille pour manger un sandwich et boire une bière, puis j'ai continué le long de la Seine, sur les quais... Je n'ai donc pas fait un détour par chez moi pour me changer, coiffer, maquiller, parfumer. Je porte mes vieilles chaussures rouges, ma jupe noire, et le petit pull en V, comme à la Porte Dorée. J'ai une drôle de coiffure si on peut appeler ma minuscule queue-de-cheval « coiffure », et je n'ai même pas fait le strict minimum : passer par les toilettes pour me mettre un peu de rouge à lèvres et enlever mon collant.

« Il faut de la peau nue pour se faire inviter à danser »,

me disait une femme, il n'y a pas si longtemps que ça, dans cette même *tanguería* parisienne (et la seule digne de ce nom), en train de manger une *empanada* accompagnée de salade verte. Une petite brune de cinquante ans, fonctionnaire au ministère de l'Agriculture, souriante et mal fagotée, toujours prompte à engager la conversation, assise à la même table près du mur, pour manger un morceau, boire un verre et éventuellement faire un tango ou deux, si, par hasard, on ne sait jamais, miracle, quelqu'un voulait bien l'inviter. « De la peau nue ? Vous croyez que c'est aussi simple que ça ? — Mais oui... Et puis c'est mieux d'être blonde aussi... — Non... — Si... Et jeune, ça va de soi. Ils sont tous pareils... enfin, presque... Regardez, observez... Vous me direz si j'ai raison... » J'ai regardé, j'ai observé, je me souviens ; de toute façon, je le fais sans qu'on m'y incite, j'aime bien m'oublier, « je » est une autre.

Ce soir, je fais la même chose : je regarde, j'observe, je ne veux surtout pas penser à moi. J'écoute de la musique mélancolique et les paroles tristes et lucides, qui — si je me laisse aller — me déchirent le cœur. Est-ce que je suis vraiment sûre que cette petite salle au premier étage d'un cinéma de quartier est le meilleur endroit à Paris pour sortir et y passer la nuit ? Ne serais-je pas mieux à la table d'un restaurant élégant et austère, en face d'un homme tout aussi élégant et austère, qui signe avec ses quatre initiales et peut tenir une conversation autrement plus sophistiquée que les danseurs de tango (son dernier bouquet de fleurs a été accompagné de ces mots : « À quand notre premier dîner en tête à tête ? »). Ou à parler avec Natacha de nos livres en cours ? J'apprends toujours des choses avec elle, même si je dois comprendre la plupart du temps l'inverse : si elle trouve que mon titre est mauvais, ça me rassure, il est bon ; si elle pense que les idées que je suis en train de développer dans mon roman sont intéressantes, passionnantes même (c'est son mot : passionnant), je me pose des questions, beaucoup de questions. J'aurais pu me passer un DVD, voir un vieux Rossellini, que j'aime, ou lire quelques pages de Tolstoï que j'aime aussi... Ou aller tout bonnement au lit avec Robert en envoyant quelques SMS à mon fils, c'est son mode de communication préféré en ce moment. Au lieu de quoi je poireaute au bar entre deux inconnus et devant une bière *Quilmes*, en écoutant les tangos nostalgiques ou autres milongas tristes qui me disent, que *primero hay que saber sufrir, después amar, después partir y, al fin, andar sin pensamientos...*

J'enlève et je remets mes grandes boucles d'oreilles noires pour occuper mes mains. Et je me répète, pour la deuxième fois depuis que je suis là, que les hommes, en ce qui concerne les femmes, n'ont pas beaucoup d'imagination. Car l'employée du ministère de l'Agriculture a raison : ils vont d'abord vers les jeunes, les blondes, les décolletées si possible, même si elles sont de piètres danseuses. En un sens, c'est encore mieux ; ainsi peuvent-ils parader, donner des conseils et passer pour ce qu'ils ne sont pas : prévenants, ouverts, galants, généreux. Ils ne vont pas s'aventurer avec une petite brune entre deux âges, mal fagotée et lucide sur leur compte. Ou avec la femme sévère aux petites lunettes métalliques, debout contre le mur, on dirait une maîtresse d'école qui a envie de tout envoyer balader après une longue journée de cours et problèmes de toutes sortes. Ou avec cette inconnue au fond de la salle, une touriste certainement, quelqu'un de passage qui, depuis tout le temps qu'elle est assise devant son jus d'orange, doit se sentir invisible. Ou même avec moi, ni blonde, ni brune, ni jeune, ni vieille, pas décolletée non plus, avec une banale jupe noire, un petit pull en coton, des vieilles chaussures rouges, et surtout songeuse, c'est ça, songeuse, pas très entraînante, pétillante ou autrement intéressante, tripotant mes boucles, me demandant depuis une heure au moins si je reste encore — il est tard ou plutôt très tôt le matin — ou si je reprends mon vélo et rentre chez moi.

C'est pendant ces moments-là où il ne se passe rien, où le temps piétine et s'étire à l'infini, que d'un instant à l'autre, souvent tout s'accélère. Un bal de tango, une milonga, c'est comme la vie, en plus concentré. Soudain, sans qu'on s'y attende vraiment, on retrouve la prise sur le monde, l'instant se met à trembler, à flamber. C'est comme ça que, plus tard, à Buenos Aires, je rencontrerai Fabian. Et c'est ainsi que cette nuit, à deux heures et demie du matin quand je n'en peux plus d'enlever et de remettre mes boucles d'oreilles — c'est énervant, à la fin — je commence à danser avec quelqu'un que je n'ai jamais vu, que je ne connais pas.

— Tu veux faire quelques tangos avec moi ? me demande-t-il.

Je veux bien, bien sûr, même si ce n'est pas un grand danseur, non, ça se sent tout de suite, au bout de quelques pas. Il n'est pas Coco Dias, qui connaît tous les morceaux par cœur et t'invente une chorégraphie sur-le-champ, pour toi, pour le tango que tu écoutes avec lui, pour que l'instant continue à flamber. Il n'est pas Fabian non plus, qui danse comme s'il faisait l'amour. Pourtant ce n'est pas mal. Déjà il ne m'entraîne pas dans une suite de figures compliquées et fioritures inutiles, pour la galerie, pour se faire voir, pour montrer qu'il sait le faire, comme beaucoup de danseurs de tango parisiens. Il a une bonne oreille, il fait de longs pas, il bouge bien sur le rythme. C'est simple, fluide, musical.

— Ça te va ? me demande-t-il entre deux tangos.

Ça me va. Ma poitrine contre la sienne, mon visage appuyé au sien — il n'est ni grand ni petit, il a une peau douce pour un homme et exhale un agréable mélange de parfum, de transpiration et de fruits exotiques —, je peux faire ce que j'aime le plus : fermer les yeux et écouter cette musique. « Tu souris quand tu danses, me disait Bernardino à Buenos Aires. On dirait que tu as quinze ans. — Arrête... Pourquoi tu me dis ça ? — Parce que c'est vrai, *muchachita*... C'est comme ça que je te vois... »

— On va jusqu'à la *cumparsita* ? Tu veux ? murmure-t-il sans me lâcher.

Nous continuons donc, très près l'un de l'autre, de plus en plus en harmonie, sur des milongas étonnamment lentes et mélancoliques, ou sur les Pugliese, tous lents et mélancoliques. C'est toujours à la fin qu'on passe les plus beaux tangos. La salle commence à se vider, il ne reste que quelques couples sur la piste, et trois, quatre personnes accoudées au bar. Nous continuons comme s'il n'était pas quatre heures et demie du matin et que la *cumparsita* — le dernier tango — ne devait pas venir d'un moment à l'autre. Une fois la *cumparsita* finie — les gens qui ne dansent pas le tango ne savent pas ce que ça veut dire : « le dernier tango » — nous nous asseyons chacun de son côté de la salle, pour revenir à la réalité, souffler un peu, nous voir de loin. Nous avons chaud et les yeux qui brillent. Puis nous changeons de chaussures, nous nous habillons, il faut partir. Avec trois, quatre personnes, nous descendons l'escalier qui donne sur la cour, et poussons la porte ouvrant sur la rue. L'air frais nous fait du bien. Je le sens marcher à quelques pas derrière moi. Nos pas résonnent dans la nuit déserte. La toute première lune est en train de se coucher derrière nous.

— Où vas-tu ?

Ce n'est que maintenant que je le regarde vraiment : il a quelque chose d'oriental dans le visage, peau mate, petit front, cheveux courts et bouclés. Un blouson en cuir, des baskets aux pieds : je me demande si je me retournerais sur lui si je le voyais dans la journée sur ce même trottoir.

— Où vas-tu ? répète-t-il.

— Chez moi... Où veux-tu que j'aille ?

— Je peux t'accompagner, si tu veux.

— Non, non... Je suis à vélo.

— Je te rejoins en taxi. Si tu me donnes ton adresse, bien sûr... Tu ne le regretteras pas, crois-moi.

Sans attendre ma réponse ou comme si celle-ci n'avait aucune importance, il s'approche encore un peu plus près et passe sa main dans mon cou, une main ferme et fraîche.

— Alors ? Qu'est-ce que tu en dis ?

9

J'ai eu froid en revenant à la maison. J'ai mis un pull et je me suis assise sur le canapé. Robert est accouru aussitôt. Natacha avait raison : il n'aime pas être seul. Ou mieux : il préfère être sur mes genoux. Je ne me couche jamais tout de suite quand je reviens du tango. Ça ne sert à rien, je n'ai pas sommeil après avoir dansé. Puis j'aime bien ce silence de la nuit. À cette heure-là, paisible et abandonnée, je me sens faire partie de l'univers. Alors je réchauffe un bol de lait, je mets du miel dedans et je m'assieds avec Robert en face de la porte-fenêtre qui donne sur le balcon ; au bout d'un an et demi bientôt, nous commençons à avoir nos habitudes.

Je bois donc du lait chaud et je regarde ce qu'il reste de la nuit devant nous. Quand ça sonne, je sursaute comme si je ne savais pas qui était à la porte. Je pensais qu'il ne viendrait pas ; j'en étais même sûre. Je ne suis pas habituée à ce qu'on vienne chez moi depuis que je vis toute seule dans cet appartement, surtout pas à cette heure-ci. Je pourrais le dire aussi autrement : j'ai eu plus d'hommes qu'Agathe dans ma vie, c'est certain, mais il n'y a pas de quoi se vanter non plus. En tout cas, ça fait longtemps que je n'ai pas fait l'amour ; je ne me souviens même pas de la dernière fois. Puis je suis... comment dire... je peux être timide, maladroite, imprévisible. Quand Tito Morales — en dansant, sans me prévenir — a posé sa main sur mon ventre, puis a voulu m'embrasser, toujours en dansant, là-haut, sur la terrasse, en face de Santa Rita del Perú, je l'ai giflé ; il faut dire qu'après j'étais tellement choquée et bouleversée par ma réaction, que c'est moi qui l'ai embrassé, je l'ai embrassé passionnément, je l'ai serré contre moi et lui ai caressé le dos ; il n'avait plus qu'à se laisser faire. « Tu es impossible... Tu ne sais jamais ce que tu veux... », m'a répété le père de Félix pendant des années. Ce n'était pas vrai : pendant les onze ans que j'ai passés avec lui, je savais très bien ce que je voulais : un bon père pour notre fils, un bon amant pour moi, un partenaire averti pour les discussions littéraires, un grand frère pour mes quatre cents coups, tout ça dans une seule personne. Au lieu de quoi, j'ai eu un psychologue à domicile, un éjaculateur rapide, un interprète professionnel de mes rêves, psychorigide et égocentrique sous ses allures généreuses, décontractées et souriantes, qui savait toujours mieux que moi ce que je voulais ou ne voulais pas.

Je repousse Robert et je vais ouvrir la porte. Je sens que mes genoux tremblent légèrement. Est-ce que je sais vraiment ce que je veux ?

— Je suis venu à pied... Impossible de trouver un taxi..., dit-il en entrant, en me tendant son blouson.

Il avance dans mon salon et regarde autour de lui,

comme si on était de vieux amis et que j'avais déménagé entre-temps.

— C'est ce qu'on appelle le minimalisme, n'est-ce pas ? Un canapé, un tapis, c'est tout...

— Le reste a été embarqué par le père de mon fils. Ils ont déménagé, il y a un an et demi. Je vis seule ici.

— Seule ? Tu as un chat ?

— C'est le chat d'une amie. Il s'appelle Robert. Il est vieux. Enfin je n'en sais rien... C'est elle qui le dit. Tu veux savoir autre chose ?

— Qu'est-ce qu'on boit ?

— Du lait chaud, avec une cuillère de miel de châtaigner.

Nous nous installons sur le canapé, le seul endroit où on peut s'asseoir dans cet appartement. Côte à côte, un bol de lait au miel dans les mains. Le chat veut se mettre de nouveau à sa place sur mes genoux.

— Je ne suis pas pour le ménage à trois, Robert... Pas cette nuit, en tout cas... Désolé, mon vieux..., dit-il en le repoussant et en posant sa main sur mon genou.

Il ne me semble pas nerveux. Il a une voix agréable et calme. Moi aussi je suis calme. Je me sens bien à côté de lui. Nous buvons notre lait à petites gorgées, nous nous taisons. C'est tout nouveau pour moi de me sentir aussi à l'aise avec quelqu'un avant d'aller au lit avec lui. Parce qu'on va aller au lit ensemble, c'est sûr, c'est pour ça qu'il est venu, c'est pour ça qu'il est assis à côté de moi et qu'il boit du lait chaud. Qu'est-ce que j'aurais pu lui proposer d'autre ? Qu'est-ce qu'on peut boire à cinq heures du matin juste avant de passer au lit ? J'espère qu'il a un préservatif sur lui.

Il se tourne vers moi et me regarde en silence. Et si je me trompe? Si ce n'est pas ça? Si je ne lui plais pas? S'il regrette d'être venu? S'il est en train de se dire qu'il n'aime pas mes cheveux, cette filasse bouclée, ramassée en une petite queue-de-cheval... Il n'aime pas ma peau non plus, trop blanche, ni ce pull noir, pas terrible, c'est vrai. Sans parler du fait que je ne le connais pas, que je suis plus qu'imprudente de faire entrer chez moi quelqu'un que je vois pour la première fois et qui peut faire de moi ce que bon lui semble.

— On va commencer par les boucles d'oreilles..., dit-il.

Il s'approche encore un peu, puis pose les deux mains dans le creux de mon cou, comme tout à l'heure dans la rue. Les mains fraîches, froides même qui, soudain, me glacent le sang.

— Qu'est-ce qu'il y a? demande-t-il en souriant. Ne me dis pas que tu as peur de moi?

Non, si, enfin, je ne sais pas... Je baisse les yeux. J'ose à peine respirer. Mon cœur bat à tout rompre. Je sens son index et son majeur qui montent sur le cou, lentement, doucement, qui touchent mes oreilles, en les massant par-devant, par-derrière, puis, d'un petit geste décidé, ludique et sensuel, oui, c'est ça, décidé, ludique et terriblement sensuel, enlèvent mes boucles. Je reste bouche bée. Je ne m'attendais pas à ça, non. Je ne pouvais pas me douter que ce geste, quasi névrotique quand je le faisais, pouvait être à ce point érotique.

— Pourquoi tu me regardes comme ça? Dis-moi ce qui te ferait plaisir, je suis là pour ça...

Je ne sais pas comment je le regarde. En tout cas je n'en

reviens toujours pas, je reste bouche bée, je ne suis pas habituée à ce que les hommes me parlent de cette façon-là. Alors je me lève et je l'emmène dans la chambre : on sera mieux sur un vrai lit (enfin, c'est un matelas posé à même le sol). J'allume la lampe à côté du matelas. Puis je remets mes boucles, mes grosses boules noires, et je lui demande s'il peut recommencer encore une fois. C'est la première fois dans cette nuit qu'il éclate de rire.

— Tu es incroyable... Tu es drôle..., dit-il et il pose de nouveau ses mains dans mon cou.

Après, tout va très vite. On retire donc les boucles, on retire nos pulls, le sien et les deux miens, on retire ma jupe, mon collant, nos sous-vêtements, on met un préservatif...

— Maintenant, on n'est plus pressé... Maintenant, on a tout notre temps..., dit-il, en tenant fermement mes hanches au-dessus de lui.

C'est un homme sûr de lui, qui n'a pas peur, qui parle pendant l'amour. Et il parle bien, doucement, tendrement, fraternellement, comme les hommes et les femmes devraient se parler, me semble-t-il. Bien que je n'entende pas tout ce qu'il dit ; je suis sur lui, puis sous lui, puis sur le côté et puis de l'autre côté, et toujours bouche bée, souffle coupé, stupéfaite, ravie, emportée dans une série d'orgasmes, prise par une vague qui ne me lâche pas, qui me jette toujours plus loin, loin de lui, loin de moi, loin du monde entier...

— Réveille-moi dans une heure, s'il te plaît, je dois partir..., marmonne-t-il, épuisé, tombant dans le sommeil en parlant.

Je le regarde pendant qu'il dort, je caresse les poils de sa poitrine ; c'est un homme poilu, un vrai ours. Je n'en reviens toujours pas, comme Agathe avec le garçon de café qui a débloqué le bouton du climatiseur. Ça peut être donc aussi comme ça, simple comme un bonjour, chaud comme au cinéma, impudique comme chez Virginie Despentes, magnifique comme... comme je ne sais pas. Je me raconte plein de choses du même genre, pour ne pas sombrer, pour le réveiller comme il me l'a demandé. Quand quelques instants plus tard — en fait, ce ne sont pas quelques instants, c'est une heure et demie, voire deux — j'ouvre les yeux, c'est déjà le matin. Je le secoue doucement, je murmure qu'il doit se réveiller, mon Dieu, que c'est dommage, vraiment dommage, je suis désolée de m'être endormie, et encore plus de devoir le réveiller, j'aurais bien aimé qu'il reste avec moi, mais ce n'est pas possible, il doit partir, c'est ce qu'il avait dit du moins. Lui aussi ouvre les yeux, pas tout de suite, mais il le fait, il me dévisage longuement à se demander s'il sait où il est et qui je suis. Puis il attrape sa montre au pied du lit. Il reste quelques instants sans bouger, fixant le plafond, comme s'il devait soudain résoudre une énigme ou un problème mathématique.

— Je vais le tenter..., dit-il enfin, en se levant brusquement, en commençant à enfiler ses habits à toute vitesse.

— Tenter quoi ?

— Ne pas rater mon avion.

— Tu pars où ?

— Je rentre chez moi... Mais d'abord je dois passer chez mon frère pour prendre mes bagages...

— C'est où, chez toi ?

— À Beyrouth..., dit-il, et il se penche vers moi pour m'embrasser furtivement dans le cou.

Quand quelques heures plus tard je me lève enfin et me mets à préparer mon petit déjeuner, comme tous les matins, je me demande si je n'ai pas rêvé. Est-ce que j'ai vraiment fait l'amour cette nuit ? Ai-je vraiment été dans les bras d'un Libanais qui est rentré chez lui pendant que j'ai continué à dormir ? Il peut donc y avoir quelque chose d'amical voire de fraternel ou de joyeux dans l'amour physique ? C'est une journée splendide, ce genre de temps que j'aime plus que tout : frais, ensoleillé. Le petit parc en face a pris ses couleurs automnales ; les arbres commencent à se dégarnir, le sol est devenu un tapis multicolore ; l'automne est de loin ma saison préférée. Je fais griller des tartines, j'ouvre mon cahier couleur sable à la dernière page, je lis à haute voix :

« Nous savons toujours comment on va commencer un tango, mais jamais comment on va le terminer. On part dans l'inconnu... On se découvre... »

10

— Si mes parents ont dansé le tango ? Tu blagues ou quoi ? Bien sûr qu'ils ont dansé le tango. Ils se sont rencontrés au bal... Ils avaient dix-neuf et quatorze ans, à Resistencia, dans la province de El Chaco... Mais je te l'avais déjà dit...

Oui, je sais, il me l'a déjà dit. Mais j'aime bien comme il raconte cette partie de sa vie. Lui aussi aime bien raconter l'histoire de ses parents. Ses yeux brillent, il ne tient pas en place, il remet de l'eau à bouillir, cherche quelque chose dans son sac. Moi, je suis comme d'habitude à la même place, mon cahier couleur sable sur les genoux, en essayant de noter à peu près tout ce qu'il dit. Ils avaient donc dix-neuf et quatorze ans, à Resistencia, au nord de l'Argentine : Carmen Antonio Dias, appelé aussi Chiquito, et Florantina Trinidad Blanco, appelée Flora. Chiquito travaillait dans une cave à vin. Bon danseur, séducteur, joli cœur, *pica flor,* comme il y en a plein dans la poésie du tango des années vingt et trente, il allait au bal le soir. C'est dans une des milongas de la fin de la semaine que le *pica flor* a séduit une nouvelle fleur, prénommée Flora (même si en réalité il lui a préféré sa sœur Lila). Il n'a pas tardé à la déflorer et à lui faire un gosse, c'est classique. Ce qui l'est moins, c'est que les parents de Flora l'ont fait mettre en prison ; il ne faut pas oublier que la gamine était mineure. Chiquito, après avoir passé trois jours derrière les barreaux, a bien été obligé de consentir au mariage. Coco (le fruit de la défloraison après la milonga) ne se souvient presque pas de ses premières années à Resistencia ; en tout, il n'y a passé que cinq ans. Au bout de cinq ans, Flora a pris le train pour Buenos Aires, avec, dans les bagages, ses deux enfants (entre-temps, son jeune mari lui a fait un autre enfant, une fille, prénommée Isabel). Il faut dire que quand elle a quitté le domicile conjugal, celui-ci n'était plus tellement conjugal : Chiquito, père de deux enfants, séducteur, joli cœur, *pica flor* qui continuait à fréquenter les milongas, était — pour la première fois de sa vie — tombé amoureux. C'est Coco, ce fils abandonné, devenu par la force des choses l'homme de sa mère, qui le dit : « Il est tombé amoureux... Qu'est-ce que tu veux ? C'était sa nature... Il a essayé de lutter contre, il est venu même nous chercher, mais ça n'a pas marché... » Il le dit avec ce même sourire avec lequel il me le présentera par la suite à Buenos Aires : un petit bonhomme au teint mat, yeux délavés, presque jaunes, fine moustache, cheveux teints, soigneusement lissés en arrière, se tenant droit, toujours séducteur, toujours joli cœur, même à soixante-quinze ans. On peut adorer ses parents quand on est jeune, et en être déçu une fois adulte, ou bien vice versa, plus rare quand même. Coco n'a fait ni l'un ni l'autre. Quand à dix-neuf ans il a pris le train pour El Chaco pour aller voir qui était vraiment son père, il ne pouvait plus que le comprendre et même l'aimer.

— Au fond, tu sais, c'était encore le meilleur de tous les hommes de ma mère...

— Elle ne lui en a pas voulu ?

Il regarde dans le vague. Sa mère, c'est une autre histoire. Quand Flora est partie en train en quittant le domicile qui n'était plus conjugal, ce n'était pas pour Buenos Aires. Elle n'emmenait pas ses enfants en ville, cette grande métropole fière et cosmopolite où les chauffeurs de taxi portaient des gants blancs. Elle est descendue dans la banlieue sud, dans cette même gare José León Suárez, à l'entrée de laquelle son fils allait cirer les chaussures et vendre les journaux. Mais elle ne s'est pas arrêtée dans le centre de Villa Benester, habité par les petites gens. Elle a continué jusqu'aux terrains vagues, jusqu'à ce bidonville où vivaient sa sœur Lila et ceux qui étaient encore plus pauvres que les pauvres : ceux qui n'avaient rien. C'est là, à mille deux cents kilomètres de chez elle, dans une bicoque bricolée en cartons et en tôle ondulée — *un rancho* — qu'elle a installé sa petite famille et essayé de survivre. C'est donc là que Coco Dias allait passer la première partie de sa vie. C'est là qu'il allait vendre les journaux et cirer les chaussures, jouer au billard, faire ses quatre cents coups, rencontrer Ocho, apprendre à danser... Quand il parle de son *barrio* avec de l'émotion dans la voix comme tous les Argentins, il pense à cette *villa miseria* dans la grande banlieue de Buenos Aires. Pourtant la vie n'était vraiment pas facile pour Flora et les siens. Flora a trouvé un travail de femme de ménage chez un médecin à Martinez et a dû se séparer de sa fille. Se séparer de sa fille ? Qu'est-ce qu'il veut dire par là ? Elle ne pouvait pas la garder ; une gamine de cet âge ne pouvait pas rester toute seule dans ce quartier. On aurait pu la voler, la violer... Voler ? Violer ? Mais oui, bien sûr, qu'est-ce que je crois... Il m'a bien dit et redit qu'ils vivaient dans un monde violent et hors la loi. Flora a donc donné sa fille aux gens qui avaient les moyens de l'envoyer à l'école. Avec Coco, ils allaient la voir de temps en temps en lui apportant des petits cadeaux. Sa sœur se sentait doublement abandonnée : par son père et par sa mère.

— Comment était Flora ?

Il a toujours ce même regard vague. Comment était sa mère ? Flora était brune, bouclée, avec un petit côté Fanny Ardant, la bouche légèrement proéminente ; Fanny Ardant en plus petit, plus musclé. Une jolie femme, avec caractère. Elle s'est trouvé un homme, il faudrait dire plutôt : un protecteur, Nene Gonzales, un sale type, joueur, tricheur, arnaqueur, alcoolique. Il vivait chez eux, tout en ayant d'autres femmes sous la main. Il s'est même marié, avec une certaine Yolanda (il faut retenir ce nom). C'est Nene Gonzales qui amenait Coquito dans les salles de jeu, qui lui a appris à jouer aux cartes, au billard, à la *tava*, un jeu d'argent interdit... Il le traitait mal, les gifles volaient en voici en voilà, surtout quand il buvait. La grande cicatrice que Coco a dans le dos, c'est à cause de lui. Une nuit, en rentrant à la maison, Coco est tombé sur un type, envoyé par Nene Gonzales, qui voulait emmener sa mère de force avec lui. Coco s'est interposé, le type lui a planté son couteau dans le dos. Si Coco n'avait pas eu un ami, connu pour son sang-froid et sa présence d'esprit, un grand costaud prénommé Mano Santa, il n'aurait pas survécu. Car Mano Santa a compris tout de suite qu'il ne fallait pas perdre de temps. « Je voyais des lignes blanches partout... Je croyais que c'était fini... », raconte Coco. Le bien nommé Mano Santa l'a pris dans ses bras et a couru avec lui jusqu'à la grande route. Il l'a posé par terre en plein milieu de l'avenue Marques, c'était la seule solution : la première voiture, bien obligée de s'arrêter, les a transportés à toute allure à la clinique San Martin. Quand le lendemain Coco a ouvert les yeux, sa mère était là, en pleurs à côté de lui. Elle s'est fait tatouer le nom de son fils sur le bras. Nene Gonzales a été tué par Yolanda, quelques années plus tard : un coup de revolver, et les jeux étaient faits pour lui. Quant à Flora, elle a eu d'autres hommes. Elle s'est même remariée avec un cuisinier nommé Alfredo Carossi, un gros, pas meilleur que les autres, non, vraiment pas. À trente-neuf ans, elle a accouché par césarienne d'un autre fils, Gustavo, à peu près à l'époque où Chiquito, son premier mari, a eu un fils, lui aussi prénommé Gustavo. Mais la césarienne de Flora s'est soldée par une infection ; deux semaines plus tard, elle en est morte. Faute d'argent, dit Coco. Alfredo Carossi n'a pas voulu vendre sa vieille voiture pour sauver sa femme. Coco en a été fou, il lui a tiré une balle dans le pied. « Je ne l'aimais pas assez pour le tuer et aller croupir en prison », dit-il. En tout cas, il n'avait plus rien à faire dans son *barrio* ; personne à aider, à protéger... Personne de qui être jaloux non plus ; il pouvait partir.

— J'étais jaloux des hommes de ma mère. Je la voulais pour moi. Comme tous les garçons. C'est normal… Enfin, non, ce n'était pas normal. On n'avait pas une vie normale.

11

— Vous êtes pensive aujourd'hui, Valérie...

— Pensive ?

— Oui... Mais ça vous va bien.

J'ai du mal à faire la transition entre la vie de Coco et la mienne. Je suis encore avec Flora, Chiquito et les autres.

— J'étais à la Porte Dorée il n'y a pas une heure...

Je le dis pour qu'il ne me le demande pas ; je n'aime pas l'intonation dans sa voix quand il prononce ces deux mots : Porte Dorée.

— C'est pour ça que vous êtes habillée de cette façon ?

Je baisse le regard comme si je ne savais pas comment j'étais habillée. Je porte la même jupe noire que d'habitude, une petite chemise en soie, verte avec des motifs, achetée dans une brocante près de chez moi, un collant épais.

— Quelle façon ?

— Plutôt drôle...

Je baisse de nouveau les yeux sur mes vêtements. Si je les compare à son costume gris sombre, absolument impeccable, et à sa chemise à petits carreaux bleu ciel, faite sur mesure à Amsterdam, il a raison : c'est plutôt drôle.

— Mon fils m'a dit plus au moins la même chose la dernière fois. Non, il m'a dit que je m'habillais de plus en plus sexy...

Il sourit en découvrant ses deux dents de devant, qui se chevauchent et lui donnent un petit air espiègle. Je le connais depuis un mois, je l'ai vu trois ou quatre fois en tout et c'est la première fois que je lui découvre ce sourire malicieux.

— Vous avez un fils ?

— Il a treize ans, il s'appelle Félix, il vit chez son père et dort de temps en temps chez moi. Vendredi ou samedi... Quand il ne préfère pas être avec ses copains... J'attends avec impatience le jour où il leur dira : « Désolé, les gars, ce soir, je sors avec ma mère. Ça fait longtemps qu'on s'est pas vus. On a plein de choses à se dire. En plus, elle s'habille de plus en plus sexy... » Vous avez des enfants, vous ?

Il continue à me sourire. Alors je lui souris, moi aussi. Je viens de me rendre compte que j'aime bien être en face de lui.

— Ils sont grands... Ils mènent leur vie. Que prenez-vous ?

J'ai oublié que c'était un homme qui parlait bien, avec les inversions et les liaisons. Je regarde l'heure sur ma montre et jette un coup d'œil dans ce bar moins chic et sombre que d'habitude. Alors que vais-je boire à sept heures du soir au bord du canal Saint-Martin ?

— Vous aimez bien jouer avec vos boucles d'oreilles.

Aujourd'hui vous n'avez pas choisi les mêmes que la dernière fois.

— Non...

— Pourquoi souriez-vous ?

Il s'approche un peu, décroise ses longues mains osseuses.

— J'ai acheté vos deux livres..., dit-il, sans attendre ma réponse, soudain sérieux.

Il a bien fait de passer à autre chose. Quand je me sens à l'aise avec quelqu'un, quand je ne pense pas à tout ce qui ne va pas, mon appartement vide, Félix, son père, le fait que je n'arrive pas à joindre les deux bouts, quand je me sens donc nonchalante et légère comme ce soir, je peux devenir inutilement confiante. J'aurais été parfaitement capable de lui dire que dorénavant mes boucles me font penser à un inconnu qui sait comment s'y prendre, et pas qu'avec les boucles. Heureusement que je ne l'ai pas fait, parce que c'est la première fois depuis que je connais cet homme élégant et courtois que je me sens vraiment bien avec lui. J'aime bien le tour qu'a pris notre conversation. Et puis ça fait longtemps que je n'ai pas parlé de moi de cette façon détachée, comme s'il s'agissait de quelqu'un d'autre. Je voudrais qu'il se décide enfin à approcher ses longues mains et les poser sur les miennes. Qu'est-ce qu'il a dit, en fait ? Il a acheté mes deux bouquins...

— Ça ne va pas vraiment changer mes chiffres de vente. Et je vais devoir continuer à faire interprète et traductrice...

— Parce que vous êtes aussi interprète ?

Oh, non, parlons d'autre chose. Un congrès mondial de la coiffure, ça vous intéresse ? Les travaux de tunnel sur la ligne ferroviaire Lyon-Turin ? Ou bien, attention secret défense : le salon aéronaval, Le Bourget 2006 ? Ou encore mieux : les six protocoles de la Convention alpine, avec leurs multiples et inutiles groupes et sous-groupes de travail ? Ou l'application du mastic sur les bas volets de la nouvelle Clio ? Pas trop, n'est-ce pas, pour ne pas dire pas du tout. Moi non plus. Ça ne me passionne guère, ni à l'écrit ni à l'oral, même si parfois je peux avoir des fous rires avec mes copines Gaby et Giovanna. D'ailleurs, c'est ce que j'aime encore le plus dans ce travail : Gaby et Giovanna. Gaby, la grande, la belle plante qui séduit tous les mecs qui s'approchent d'elle à moins de deux mètres. Giovanna, la petite, la rigolote qui fait du karaté. Gaby traduit de l'allemand et de l'anglais, et nous avec Giovanna, c'est l'italien et l'espagnol, mais vers le français, tandis que Gaby c'est vers l'allemand. Ce sont les seules interprètes avec qui on peut parler, même très sérieusement, tout en ne se prenant pas trop au sérieux. Les autres, tous les autres, c'est mortel... Tout est mortel dans ce travail. Parler à la place des autres, être invisible, ne pas avoir voix au chapitre, ne pas avoir voix du tout ; sa propre voix, je veux dire. Rien à dire justement. Mais il faut bien que je gagne ma vie, surtout depuis que je paye toute seule le loyer de l'appartement, rue de la Folie-Regnault.

— Je suis une mauvaise interprète. Je ne travaille pas assez. Je ne regarde pas la télé, je ne l'ai même pas. Je ne lis pas les journaux spécialisés, genre *Économiste* ou *La bourse à la portée de tous*... Même pas *Science et Avenir*, nettement plus abordable. Je ne potasse pas les dossiers, je ne prépare pas le vocabulaire... Parlons d'autre chose, s'il vous plaît.

Il me regarde longuement comme s'il venait de découvrir un autre visage de moi auquel il ne s'attendait pas.

— J'ai été surpris par vos romans. Surtout par *Tout droit et à deux cents à l'heure vers le crépuscule...*

— « Contre » et non « vers ». Contre le crépuscule. Ça change tout. C'est long comme titre, je sais bien... Pas facile à retenir...

— C'est un beau titre...

— Mhmm...

— Un beau livre aussi.

— Vous trouvez ? Il n'a pas marché du tout. Mais c'était prévisible, il faut le dire. Qui allait s'intéresser à l'histoire de deux vieux ? Leur dernière journée... Une journée où il ne se passe rien en plus. Rien. Pas une seule scène de sexe... Enfin, si, une, une petite, mais en *flash back*...

— Qu'est-ce que vous racontez ? Il se passe plein de choses.

— D'accord, si vous voulez. Ils se lèvent, mes deux vieux, ils prennent leur petit déjeuner, puis leurs pilules, comme tous les jours après leur petit déjeuner, même si ça ne sert plus à rien. Ils rangent leur appartement, passent l'aspirateur, arrosent les plantes... Ils vont faire les courses. Ils déjeunent, comme tous les jours, à une heure précise, en regardant les infos à la télé. Ils prennent un café... Ils jouent le même morceau de Brahms à quatre mains, comme souvent. Une petite valse pas très compliquée, qu'ils jouent très bien, d'ailleurs.

— Valérie...

— Et vers cinq heures, quand le ciel commence à rougir à l'ouest, car nous sommes en hiver...

— Valérie...

— ... ils prennent leur vieille voiture qui marche encore très bien. Ils se dirigent vers l'autoroute. Ils se mettent à rouler de plus en plus vite... Le ciel devant eux devient de plus en plus beau et intense...

— Valérie...

Je ne sais pas pourquoi je m'emporte. Moi aussi j'ai été déçue par l'indifférence avec laquelle était reçu ce court roman. Un journaliste de *Sud-Ouest* avait écrit un papier, le seul, enfin le seul qui ait remarqué quelque chose, qui n'ait pas dit que des banalités. Trente petites lignes où il parle de la construction du roman, de sa rigueur, de son rythme... De l'effacement... De la dernière phrase qui renvoie à la première et boucle ainsi la boucle. Voilà tout ce qui a été dit sur deux ans de travail, de questionnement, de doutes... Et je suppose que je peux me considérer comme chanceuse que ces quelques lignes existent. Que le roman ne soit pas tombé dans le vide complet.

— Excusez-moi... Je ne sais pas ce qui me prend. Il faut croire que je suis narcissique, comme tous les écrivains. Même si, sincèrement, je m'efforce de ne pas l'être.

— J'aurais bien aimé être à leur place...

Il ne sourit plus. Il a un regard que je ne lui connais pas. J'ai chaud, je voudrais changer de sujet ou boire quelque chose, c'est ça, on ne devait pas commander quelque chose ?

— Il me plairait que ma dernière journée soit comme

celle de vos deux personnages. Il me plairait de me réveiller un jour à côté de la femme avec qui j'ai passé une grande partie de ma vie. Une vie de joies et de déceptions, de fidélités et de trahisons... Des hauts et des bas, comme vous dites. Il me plairait de comprendre dans ses yeux, sans qu'on se dise quoi que ce soit, que voilà, ce sera notre dernière journée. Et de la vivre pleinement, normalement, avant d'en terminer en beauté. Tout droit et à deux cents à l'heure contre le crépuscule. Je ne m'attendais pas du tout à cette fin. J'ai été choqué et ému, je ne sais pas comment le dire autrement. Je tenais à vous le dire. C'est pour ça que je vous ai appelée tout à l'heure. Vous étiez sur votre bicyclette en revenant de...

— ... de la Porte Dorée.

— C'est ça...

C'est à ce moment-là que je pose ma main sur la sienne. Il ne s'attendait pas du tout à ce geste. Moi non plus ; je l'ai fait sans réfléchir, pour qu'on arrête de parler, pour marquer une pause.

— Je pense qu'on devrait enfin commander quelque chose, dit-il au bout d'un moment.

12

Il y a un épisode dans mon cahier couleur sable que j'ai intitulé *J.-S. Bach.*

Je donne des titres et des dates à nos rencontres de la Porte Dorée ; ainsi, en le feuilletant, je revois tout de suite, en un coup d'œil, la scène, je me remémore des paroles de Coco Dias, des détails de sa vie ; puis je commence à réfléchir à la façon de les organiser, de les transformer en roman.

Il y a donc les titres comme : *Si tu écris sur moi, je t'apprendrai à danser* (inaugural, forcément...)

On boit notre premier thé (ou un portrait de Coco en gamin de bidonville)

Il y a *Bébé Gaëtan* (ou l'épisode assez cocasse avec le fils de Coco qui a perdu sa chaussette, avec quelques tangos dans la pièce à côté)

Il y a *Ça ne va pas* (ou la soirée où je me sentais une danseuse médiocre, pas à l'aise dans son corps, pas inspirée, pas sûre d'elle, et où Coco n'a rien fait pour que je change d'avis, au contraire ; la même soirée où pourtant, plus tard dans la nuit, j'allais danser bien, très bien même, avec un type qui restera dans mes annales, les annales sexuelles, je veux dire, si un jour j'ai assez de matière pour les établir)

Il y aura : *Photos et conversation téléphonique* (où, sans nous concerter, nous prenons la même décision)

Il y aura : *Coco à Buenos Aires* (où mon héros n'est pas le même homme qu'à Paris, ça change tout, Buenos Aires, alors attention, on ne rigole plus, on se prend au sérieux, on se la joue, il n'y a pas de ville plus fière au monde que Buenos Aires)

Il y aura : *Le déjeuner en famille* (où ils sont enfin tous réunis sur le tableau, sauf celui que j'attends)

Il y aura : *Río de la Plata* (ou quelle est la différence entre une biographie et un roman)

Il y aura *Une journée inoubliable* (où Coco m'emmène enfin dans son quartier, dans sa *villa miseria*, autant dire en enfer ; c'est pourtant là, en enfer, aux antipodes absolus des musées, galeries et autres lieux où l'on expose de l'art, que je vais voir une des plus belles choses que j'aie jamais vue, un pur chef-d'œuvre)

Puis tout de suite après : *Un taxi inoubliable* (où le héros de mon roman s'endort sur mon épaule comme s'il était mon frère et moi sa grande sœur)

Puis enfin : *840* (ou comment ces trois chiffres deviennent enfin une personne en chair et en os, à qui je demande même de me prendre dans les bras)

Il y a, bien sûr, toute une série appelée simplement *Tangos* (ou nos tangos à nous, mon apprentissage, l'exécution de notre contrat, notre marché, la partie : « je t'apprendrai à danser » de notre troc)

Puis, à la fin, en roulant vers l'aéroport, *La Porte Dorée* (majuscule ou minuscule, c'est pareil, autrement dit le tango est une porte, une porte en or, si on sait l'ouvrir).

Enfin il y a *J.-S. Bach.* C'est un chapitre, qui, chronologiquement, vient à peu près à ce moment-là, quelques jours après la soirée avec l'homme aux quatre initiales et avant l'irruption du père de Félix chez moi (c'est-à-dire dans l'appartement qui était le nôtre il y a un an et demi), un soir de novembre, si je me souviens bien. Mais c'est aussi un chapitre qui pourrait s'intercaler n'importe où. Il pourrait facilement faire l'ouverture : une scène étrange, presque muette, qui se passe dans une pièce vide, à cette entrée de Paris qui porte le joli nom de Porte Dorée. Ou venir après la longue nuit avec mon amant libanais, comme un jaillissement, un moment de pure joie. Ou après la soirée ratée avec l'homme aux quatre initiales comme une méditation sur le temps, la seule dimension qui nous unit ou nous désunit vraiment. Ou bien plus tard, à Buenos Aires, comme un leitmotiv, une idée fixe. Ou même à la fin, comme une caresse, une consolation.

En réalité ça se passe quelques jours après la rencontre avec l'homme aux quatre initiales, pendant lesquels j'ai justement travaillé comme traductrice pour une conférence sur le climat. En cabine, à côté de Giovanna, un jeudi matin, pendant qu'elle traduit en simultané les propos alarmants du délégué italien sur le réchauffement de la planète — trente pour cent d'espèces animales qui disparaissent à cause de l'équilibre rompu dans la nature, des comportements bizarres de certains animaux comme les guépards qui ont peur des antilopes, les éléphants qui s'attachent aux hommes — j'écoute les messages sur mon téléphone portable. « Bonnes nouvelles, V. ? écrit G. sur le papier entre nous, sur lequel on mène notre conversation privée, parallèle aux problèmes de la planète. — Ça va se terminer quand, ce foutu réchauffement ? répond V. à son tour. — À quatre heures et demie, si tout va bien, écrit G. — Super, répond V. — Pourquoi ? Tu as un RV ? demande G., tout en continuant son histoire avec les éléphants et les guépards, il y a des oiseaux aussi, un tas d'oiseaux qui ne comprennent plus rien à rien. — Oui..., écrit, laconique, V. — Avec qui ? demande G. — Avec le personnage principal de mon roman, répond V. — Puis quoi encore ? écrit G. en majuscules. — Il fait beau dehors... », répond V. en minuscules.

À quatre heures et demie, je traverse donc Paris d'ouest en est — il fait un temps d'automne splendide — en pédalant aussi vite que je peux. Un jour, avec tous les feux rouges que je brûle, tous les zigzags que je fais entre les voitures, j'aurai un accident de bicyclette, c'est sûr, c'est inévitable, pensé-je en un éclair de lucidité. Mais j'y suis, à cinq heures, à cinq heures cinq devant le kiosque, près de la sortie du métro Porte-Dorée, comme l'a précisé le héros de mon roman sur son message. « À cinq heures, devant le kiosque, à la Porte Dorée. »

À ce moment-là, à cinq heures et demie passées, je peux faire tranquillement une digression sur le temps, la situation s'y prête, j'ai tout mon temps. Parce que Coco Dias a un problème avec le temps justement, il est chroniquement en retard, il n'est pas comme Agathe, qui, elle aussi, a un problème avec le temps qui passe, mais le respecte scrupuleusement. Agathe a toujours peur d'être dépassée par le temps, et je ne pense pas simplement à sa peur de la ménopause, elle est incapable de l'observer seulement, de sentir son écoulement sans sentir son écoulement à elle. Mais je sais de quoi je parle parce que moi aussi j'ai du mal avec le temps, pas tout à fait de la même façon qu'Agathe et Coco, mais quand même. J'ai peur de ne pas l'imprimer à ma façon, de le laisser faire son travail de destruction et d'effacement et de ne marquer aucune victoire sur lui, rien qui lui survivra.

J'observe donc la bouche du métro, je m'impatiente, je regarde autour de moi. Je n'ai jamais autant scruté ce périmètre précis à la périphérie de Paris, d'ailleurs je n'y suis pas, on n'est pas à Paris ici, avec tous ces grands palmiers, cette statue de femme dorée, ce grand palais colonial à l'orée du bois. La lumière n'est pas la même qu'à Paris, ce n'est pas le même horizon, ce n'est pas le même ciel. Je pourrais tout aussi bien être à Grenade, à Lisbonne, ou à Buenos Aires. Mais oui, c'est ça, à Buenos Aires, parfaitement, en attendant le personnage principal de mon roman qui m'a donné rendez-vous à quelques pas des palmiers sauvages pour une leçon de tango. Le ciel joue avec ses couleurs dramatiques comme il le fait aussi là-bas, de l'autre côté de la terre, il passe du jaune au rouge, au mauve puis au violet, et Coco Dias n'est toujours pas là. À regarder aussi fixement les gens qui sortent du métro, il me semble que je ne le reconnaîtrai même pas quand il va enfin sortir de terre. Ce ne serait pas par hasard ce bonhomme en manteau trois quarts bleu marine, un bob sur la tête, un sac sur l'épaule ? On dirait un représentant de commerce, fatigué après une longue journée de travail, et non un danseur de tango. D'ailleurs il ne sort pas du métro, il arrive par le trottoir du boulevard périphérique. Je ne vais pas vers lui, je l'attends à la même place, non loin des palmiers où je me tiens depuis au moins trois quarts d'heure.

— Viens, dit-il.

Nous marchons en silence jusqu'au petit parc devant l'immeuble, nous poussons la grille, nous montons au premier étage. Il a toujours l'air d'un commercial, excédé par ses multiples rendez-vous. Ce soir, le personnage de mon roman n'est pas un fringant danseur de tango, cheveux gominés, chaussures blanches, beau costume rayé, mais ce petit représentant de commerce, en train d'enlever son manteau et son couvre-chef anglais, voilà, et de se diriger vers la pièce rectangulaire pour mettre de la musique, comme il le fait toujours en entrant. Et moi je ne suis pas un écrivain, il suffit de me voir avec cette petite jupe bien sage, ce pull bleu ciel et le foulard qui va avec pour s'en convaincre ; je suis une médiocre traductrice de conférence, fatiguée par une longue journée de travail en cabine, par le réchauffement climatique et la catastrophe écologique vers laquelle nous courons à grands pas.

— Tu viens, Balérie ?

Il regarde longuement le CD (qui doit être tout neuf parce qu'il vient d'enlever son enveloppe plastique) avant de l'insérer dans l'appareil et d'enlever ses lunettes.

Mais qu'est-ce que c'est ? Ce n'est pas un tango, ce n'est pas une milonga, ce n'est pas une valse... Je ne bouge pas, je reste le dos contre la porte ; décidément, je ne comprends pas grand-chose à cette histoire aujourd'hui.

— Qu'est-ce que tu fais, Balérie ? Viens..., dit-il pour la troisième fois.

Je m'approche enfin, je glisse mon bras derrière son dos, pose ma main sur son épaule.

— On peut danser le tango aussi sur autre chose. Sur ça, par exemple..., dit-il à mon oreille avant de m'entraîner dans des pas très lents et très simples.

Sur « ça » ? C'est quoi, « ça » ? Ce n'est pas un tango, c'est sûr. On dirait du Bach... On dirait une cantate de Bach. Je ferme les yeux pour mieux entendre. Mais oui, c'est du Bach, c'est une cantate. Je le vérifierai plus tard, mais c'est ça, c'est sûr : nous dansons sur une cantate de Bach. Je ne sais pas quelle heure il est, il fait nuit depuis un moment. Je ne sais pas bien où nous sommes, à Buenos Aires, à Lisbonne, à Madrid, ou bien à cette porte de Paris qui s'appelle Dorée. Et je ne sais même plus qui nous sommes, représentant de commerce, traductrice de conférence, écrivain, danseur de tango... Tout ce que je sais, tout ce que je peux voir les yeux fermés dans ces instants précis qui nous traversent ou que nous traversons, c'est que nous sommes un homme et une femme qui dansent enlacés sur une cantate de Bach. Je sais déjà que plus tard, une fois dehors, dans la rue, de nouveau dans le temps, je serai incapable de dire si nous sommes restés longtemps à danser le tango sur les cantates de Jean-Sébastien Bach. Et je sais aussi que je pourrai dire, pour la première fois de ma vie et comme une promesse pour toutes les autres fois où je danserai le tango comme je l'ai dansé ce soir avec Coco Dias, que l'éternité du présent existe.

13

Je suis contente de ne pas m'être mariée, pensé-je (encore une inversion qui me porte malchance) en ouvrant la porte de ma chambre. Dès que je suis entrée dans l'appartement, j'ai compris qu'il y avait quelque chose qui n'allait pas : la porte d'entrée n'était pas fermée à clé, Robert n'est pas accouru aussitôt. Et ce n'était pas Félix, Félix laisse traîner ses affaires partout.

— Qu'est-ce que tu fais là ?

Je ne sais pas comment le nommer depuis qu'il a déménagé ; finalement je ne l'ai jamais vraiment appelé par son prénom. Pendant que nous vivions ensemble, je lui inventais un tas de petits noms qui maintenant ne sont plus de mise. Alors quand je pense à lui ou si je dois le mentionner, je ne sais jamais comment faire. Si j'avais été mariée avec lui, j'aurais pu dire : mon ex-mari. Mon ex-mari est sur mon lit.

— Qu'est-ce que tu fais ici ?

Il ne répond pas, il ne bouge pas.

— Où est Robert ?

Ce n'est que maintenant qu'il se tourne vers moi. Il a changé. Ses cheveux ont blanchi sur les tempes. Il a quelque chose de plus pointu sur le visage, plus sec, plus éteint aussi. Même s'il reste indéniablement un bel homme. Je lui ai toujours trouvé beaucoup de charme, dès le premier instant.

— Qui est Robert ? demande-t-il.

— C'est mon chat.

J'aurais pu dire aussi : mon éditeur, mais nous ne sommes pas là pour faire de l'humour à deux euros.

— Je l'ai enfermé dans la salle de bains.

— C'est mon chat !

Il a un de ses petits sourires ironiques au coin de la bouche que je connais par cœur.

— J'ai compris. Tu n'as pas besoin de le répéter...

— Et c'est ma salle de bains ! Est-ce que tu peux me dire ce que tu fais sur mon lit ?

Il se met sur le dos et expire bruyamment. Moi je suis toujours debout contre le mur ; je voudrais m'asseoir, mais pas à côté de lui.

— Oh, Val, je n'ai jamais pensé qu'on en arriverait là...

J'ai envie de sourire. Allons-y, il va la jouer pathétique maintenant, je connais bien ses registres. J'aurais pu dire exactement la même chose. Parce que moi non plus — et j'ai de l'imagination, j'adore inventer les scènes invraisemblables — je n'aurais pas pu imaginer celle-là : lui sur le lit qui a été le nôtre pendant des années, moi debout contre la porte. Non, ce n'est pas lui, ce n'est pas moi, ce sont nos doublures. Nous, on se croyait magnifiques, indestructibles. On voulait faire tout le contraire des autres : ne pas nous marier, ne pas nous laisser emprisonner par la famille, ni embrigader par la société, vivre le plus librement possible, avoir un fils qui serait heureux avec nous (d'où son prénom, tout un programme à lui seul)... J'aurais dû parler à la troisième personne du singulier et au masculin : c'était lui, notre idéologue officiel, moi je suivais, j'étais amoureuse. Cet homme me plaisait, il me plaisait à la folie dès que je l'ai vu. Non, il me plaisait même avant de le voir, ne souris pas, c'est vrai. Ça s'est passé à la bibliothèque municipale de la Ville de Paris. Il y avait un cahier ouvert sur la table à côté de la mienne, je m'en souviens comme si c'était hier. Je n'arrêtais pas de le regarder, ce cahier, d'autant plus qu'il n'y avait personne devant lui. Je suis depuis toujours fascinée par la graphie ; pour moi, voir l'écriture de quelqu'un, c'est comme voir son autre visage, plus intime, moins exposé. Le sien ne pouvait que m'enchanter. Yann — il s'appelle Yann — avait une graphie extraordinaire. Il fallait voir ses « t », ses « f », ses « l »... Tout était fluide, ludique, bien structuré, mais aussi libre et gai, avec une forte aspiration vers le haut... La plus belle graphie que j'aie jamais vue. Et ce n'était pas tout : le texte était parsemé d'oiseaux, de poissons, de papillons, de nuages... Le propriétaire de ce cahier était en même temps un excellent dessinateur. Quand il est enfin apparu, je n'ai pas été déçue : un grand jeune homme blond cendré avec un regard bleu ciel (ou bleu glace, c'est selon) : mais ce jour-là, et pendant longtemps, je n'ai vu qu'un grand ciel sans nuages dans ses yeux. Nous avons vécu ensemble presque tout de suite. On était tous les deux en train de terminer nos études, tout en pensant déjà à tout autre chose :

moi aux romans, Yann aux livres pour enfants. On avait vingt-cinq ans et toute la vie devant nous. Mes parents auraient bien voulu qu'on attende un peu. J'étais leur fille unique, leur Vali, leur trésor, ils avaient envie de profiter encore de moi, mon père surtout, d'autant plus que ma mère commençait à avoir un comportement étrange. Toujours plutôt contemplative, pas vraiment drôle ou volubile, elle ne parlait presque plus ; elle ne s'intéressait plus à rien, elle oubliait tout. Un an et demi avant leur accident de voiture qui les a tués sur le coup, à cinquante-trois ans, on lui avait diagnostiqué un Alzheimer précoce. Je ne sais pas pourquoi, je n'ai aucune preuve, aucun indice valable, aucun détail qui étayerait mon hypothèse, mais je continue à croire que leur dernière journée a ressemblé étrangement à celle de mes deux vieux dans *Tout droit et à deux cents à l'heure contre le crépuscule...* Quant à nous deux avec Yann, le père de mon fils né trois mois après l'accident de mes parents, « toute la vie devant nous » voulait dire onze ans. Onze ans pendant lesquels nous n'avons pas fait mieux que les autres : nous n'avons pas été si heureux ni si différents que nous voulions l'être.

— Tu reviens d'où ? dit-il après un long silence, en comprenant soudain que je ne réagissais pas à sa dernière réplique.

— Tu ne veux pas répondre ? Tu préfères qu'on parle d'autre chose ?

Il se tourne de nouveau vers moi, il s'assied même et croise ses longues jambes. Il va changer de tactique, je le vois d'ici. Son regard bleu glace se met à balayer la chambre avec méthode et insistance, même s'il n'y a pas grand-chose à voir et qu'il a déjà tout vu. Mes livres qui traînent par terre... Des citrons, comme chez Agathe... Un tapis — la seule chose que j'ai achetée depuis son départ —, la lampe de bureau, prêtée par Giovanna. Quelques photos au mur : celle de Félix, prise par lui, il y a longtemps, quand Félix avait huit ans, des boucles blondes et les yeux de son père. Celle de mes parents, au bord de la mer, à Trouville, un dimanche après-midi, bras dessus bras dessous, pieds nus, en amoureux, il me semble, en tout cas, je les vois comme ça, même si en réalité je n'en sais rien. Puis une reproduction en noir et blanc des *Ménines* de Velázquez.

— Je vois que tu t'intéresses à la peinture, maintenant. Tu as du goût, enfin... Je t'ai toujours dit que Velázquez était le peintre des peintres...

C'est son côté « je sais tout, je vais vous dire ce qu'il faut faire » et, encore mieux, « ce qu'il faut penser ».

— Tu danses toujours le tango ?

Voilà que son regard bleu glace s'arrête sur moi. C'est la première fois que nous nous regardons vraiment. Si je lui disais que je viens de faire quelques tangos inoubliables sur des cantates de Bach, il me répondrait que je devrais trouver autre chose parce que ce n'est pas drôle.

— Je voudrais bien savoir comment tu as eu cette idée. Un beau jour, en te réveillant, tu t'es dit : tiens, je vais me mettre au tango, je ne sais pas quoi faire le soir depuis que je vis toute seule. Ça aurait pu être aussi la danse orientale ou le judo...

J'essaye d'esquisser un petit sourire pour lui dire que ça ne mérite pas de commentaire.

— Et tu traînes dehors la nuit ? Tu passes toujours ton temps dans les cafés ? Tu te crois libre, c'est ça ?

Je le laisse parler. Je ne me crois pas spécialement libre s'il veut savoir.

— C'est ça, la vie que tu veux ? Danser, traîner la nuit... Regarde autour de toi, Val...

On va encore changer de registre ; finalement, je le connais par cœur. Je m'efforce de ne pas baisser les yeux. Il a toujours été très fort à ce jeu.

— Réfléchis un peu ! Tu dors par terre, tu ne sais même pas où t'asseoir... Tu as vu la cuisine ? Ou le salon, si on peut l'appeler comme ça ? Tu vis dans un appartement vide.

Il croit qu'il a découvert l'Amérique.

— Est-ce que c'est ça, la vie que tu voulais ? Dis-moi, Val, est-ce que c'est ça, la vie que tu veux ?

Je baisse les yeux sur ses chaussures, que je ne connais pas. Pendant onze ans on allait toujours acheter ses chaussures ensemble. Ça doit être la première paire qu'il a achetée tout seul ; d'ailleurs elles ne lui vont pas, ce n'est pas son style... Ou bien il a changé de style. Félix aussi a des chaussures que je ne connais pas. Il a aussi des pulls que je ne connais pas. Des pantalons qui lui arrivent à mi-fesses et qui ne lui vont pas, enfin, lui aime bien et c'est tout ce qui compte. En tout cas, il ne veut pas qu'on aille faire les courses ensemble. Il veut s'habiller tout seul.

— Réponds-moi..., dit-il.

— C'est à toi de le faire. Tu ne m'as toujours pas dit ce que tu faisais sur mon lit.

— Tu oublies que c'est aussi le mien. Nous y avons

dormi ensemble. Nous avons habité en famille dans cet appartement.

— C'est toi qui as voulu partir...

— C'est n'importe quoi, Val... C'est toi qui n'as pas voulu venir avec nous...

Il a raison. Pour une fois, nous avons raison tous les deux. C'est lui qui voulait déménager, quitter notre Folie, comme on appelait cet appartement au sixième étage sans ascenseur de la rue de la Folie-Regnault. Il a trouvé une maison à louer près de Saint-Germain-en-Laye, une vraie petite maison avec jardin. Il a insisté, il a tout organisé, il a tout prévu. « On aura chacun son bureau pour travailler, une grande cuisine qui s'ouvre sur le jardin, un beau salon pour recevoir les gens... Félix pourra aller au lycée international, faire du sport, respirer... On aura une tout autre vie qu'à Paris... On sera heureux, tu verras... », répétait-il. Je suis allée la voir avec lui. Ce n'était pas si loin, vingt minutes en RER, plus un quart d'heure à pied. Elle n'était pas mal avec son côté scandinave, c'est sûr... J'ai même fait les cartons. J'ai presque tout emballé. Puis le jour du déménagement, quand la moitié de nos affaires étaient déjà dans le camion, il s'est passé quelque chose. Enfin, il ne s'est rien passé. Rien de précis. Je suis juste allée boire un café dans un bistro sur le boulevard, cinq minutes, pendant que les déménageurs chargeaient le camion. C'est vrai que j'aime bien les bistros, surtout celui-ci, à l'angle de notre rue et du boulevard, un petit café de quartier que je connais bien. Et soudain, au moment de payer, sans aucune préméditation, j'ai dit au garçon : « Je te payerai demain, Samuel... » Quand je suis revenue, presque tout était déjà dans le camion. Restait le vieux canapé qu'on voulait donner, le matelas de notre lit, bon pour la poubelle, le frigo, la cuisinière, quelques plantes difficiles à transporter... J'ai retrouvé Yann. Je lui ai dit que je ne voulais pas déménager, je ne voulais pas de deux bureaux côte à côte, ni de grand salon, ni de jardin, je ne voulais pas d'une autre vie avec lui, même plus heureuse, non, je voulais rester ici, dans notre Folie. Il m'a jeté un regard qui voulait dire ça, justement : tu es folle, Val, tu ne sais pas ce que tu fais... J'ai gardé le matelas, puis le grand canapé que j'aime bien. Félix n'a rien compris quand ils sont partis tous les deux. « Elle viendra demain, t'inquiète pas... On la connaît... », lui a dit son père en me lançant son regard bleu glace.

— On t'attendait, Val... On t'attend toujours. C'est pour ça que je suis là.

— Pourquoi ?

— Pour te le dire encore une fois. Pour que tu le saches.

14

Si je récapitule, pour que tu ne perdes pas le fil de l'histoire : nous sommes au mois de novembre. Les feuilles commencent à tomber. Près de l'esplanade de la Grande Bibliothèque, elles sont jaune clair et volent dans la nuit comme des pétales d'or. Avenue Daumesnil, à côté de la Porte Dorée, elles collent sur le large trottoir mouillé. Dans le parc en face de la rue de la Folie-Regnault, elles pourrissent lentement sur le sol humide. La fausse rousse, bouclée, plutôt bien roulée, comme l'a appelée un jour un inconnu dans le train Paris-Lyon assis en face, les yeux rivés sur elle pendant tout le voyage (« Qu'est-ce que vous regardez comme ça, enfin ? a-t-elle demandé. — Une fausse rousse, bouclée, plutôt bien roulée... », a-t-il répondu), passe des heures à observer ce processus de dépouillement devant sa fenêtre. Si elle jette un regard autour d'elle, comme le lui a suggéré le père de son fils, c'est plus ou moins la même chose : le même processus, le même dépouillement. Il a raison. Elle vit dans un appartement vide. Mais curieusement et quoi qu'il puisse en penser, elle n'a rien contre, au contraire. Ça repose de toute cette frénésie de consommation (un nouveau réfrigérateur dernier cri? une machine à laver le linge tout automatique? une cafetière qui fait réveil et radio en même temps?). Ça fait comprendre qu'en réalité on a besoin de très peu de choses pour vivre. Et surtout ça dégage la vue. Elle a envie de sourire : elle n'a jamais eu autant de place dans sa vie. Tout ça, le grand salon, la cuisine, la chambre, la pièce où elle travaille... rien que pour elle. Il y a la chambre de Félix aussi, vide la plupart du temps. Pourtant c'est la seule pièce qui justement ne soit pas vide : elle a acheté un lit, une table, une chaise pour que son fils se sente toujours chez lui. Elle aime bien le voir débouler le matin dans la cuisine, encore à moitié endormi, cheveux en bataille, premiers boutons sur les joues, grand tee-shirt qui lui arrive jusqu'aux fesses... Il lui manque, elle aurait bien voulu qu'il vienne plus souvent. Elle n'a jamais été aussi seule non plus. Mais c'est plus ou moins la même chose que l'appartement vide : ça dégage la vue. Il n'y a pas grand monde dans sa vie en ce moment. Quand elle fait son travail de traductrice, il y a ses copines, Gaby et Giovanna, les seules personnes avec qui elle aime bien discuter de la politique et de la société (elles savent bien de quoi elles parlent, le langage révèle bien plus que tout autre chose). Il y a Natacha, sa rivale littéraire. Il y a l'homme aux quatre initiales dont elle ne sait pas vraiment que penser. Il y a le souvenir de son éphémère amant libanais (à qui en revanche elle pense chaque fois qu'elle enlève ses boucles d'oreilles). Il y a même Agathe (et ses chefs-d'œuvre qui continuent à l'intriguer). Et puis il y a Coco Dias.

Elle aurait dû commencer par lui. Il y a Coco Dias, puis tous les autres : Gaby, Giovanna, Natacha, l'homme aux quatre initiales, le souvenir de son amant libanais, et cette drôle de présence d'Agathe... C'est lui, son personnage principal. Tout tourne autour de lui comme dans une galaxie. Elle attend toujours avec impatience le moment d'aller à la Porte Dorée. Prendre le boulevard Voltaire, rue de Charonne, puis Faidherbe, remonter la rue de Reuilly jusqu'à la place Daumesnil, puis descendre la longue avenue jusqu'au bout, jusqu'aux palmiers et l'horizon ouvert. Attacher le vélo, prendre la première rue à gauche, remonter quelques mètres, ouvrir le portail du jardin, traverser la cour, monter un étage, et voilà, c'est là, la première porte à droite. Quand il n'est pas en retard, elle reconnaît la musique tout de suite en montant les marches. Il faut attendre la fin du morceau pour qu'il entende la sonnette. Il ouvre la porte, on entre. C'est là que les choses se passent, dans cette pièce rectangulaire, donnant sur un jardin à la française. Tout est à sa place, comme dans l'atelier de Velázquez. Elle sait bien qu'ils ne sont pas là parce qu'ils s'ennuient ou ne savent pas quoi faire. Il lui a passé une commande, ils ont conclu un marché. Il faudra bien qu'elle s'exécute. Alors comme tu vois, elle pense tout le temps comment le faire. Comme Velázquez, elle réfléchit à la représentation. Elle se demande comment disposer les personnages, organiser le récit. Elle sait que ça ne suffit pas, qu'il faut y insuffler le mouvement, car c'est ça la vie, le mouvement, l'invention, l'intuition, l'imagination... Son pinceau en suspension, elle regarde longuement devant elle comme si ce n'était pas tout, qu'il y avait encore autre chose.

— Viens, Balérie, dit-il quand enfin elle enlève son manteau et met ses vieilles chaussures rouges, confortables, tenant bien le pied.

Il y a aussi sa partie du contrat. Est-ce que je danse mieux depuis que je viens une fois par semaine à la Porte Dorée ? Quelque chose a-t-il changé dans mon tango depuis que je connais Coco Dias ? Est-ce que je suis en train de prendre le pli de toutes ces danseuses qui ont dansé avec lui comme Cremilda, Pampita, Morocha ? Ou Francesita, la dernière ?

—Tu es contractée dans la partie supérieure de ton corps. Tu n'es pas souple... Ici..., dit-il en touchant mes épaules, ma poitrine et mon ventre.

C'est un après-midi pluvieux et gris de la fin de novembre et la première fois qu'il me dit quelque chose de précis au sujet de mon tango.

— Je ne suis pas quoi ? Je ne comprends pas...

Je sens que je fais une drôle de tête.

— Tu ne comprends pas ?

Il me regarde avec un petit air buté que je commence à connaître par cœur. Il porte un de ses costumes rayés, chemise blanche, pochette, son uniforme de tango vieux jeu qui fait sourire et veut dire : ça fait quarante ans que je danse.

— Non, je ne comprends pas.

— Enlace-moi. Enlace-moi bien. Serre-moi dans tes bras... Comme ça tu vas comprendre...

Je m'approche de lui. Je suis habituée à le toucher, à le

sentir contre moi ; il faut dire que c'est le seul corps masculin que j'enlace régulièrement depuis quelque temps.

— Plus fort... Vas-y...

Je ne vois pas où il veut en venir. Il commence à danser, à m'entraîner avec lui.

— Est-ce que tu me sens contracté ? demande-t-il au bout d'un moment, toujours avec son air entêté.

Non, il n'est pas contracté, c'est sûr. Il est fluide, il est chaud, il est vivant sous son apparat de danseur de tango ; il est Coco Dias.

— Alors fais la même chose... Détends-toi, Balérie, dit-il à mon oreille comme s'il m'avait entendue.

Je ferme les yeux pour me concentrer, pour réfléchir. Parce qu'il me semble être détendue, dans le rythme, et accomplir tous les pas plus ou moins correctement. En tout cas, j'essaye. J'essaye de me décontracter. J'essaye de danser bien. J'essaye de danser le mieux possible. C'est pour ça que je suis là. J'avais toujours envie de danser. Je voulais être légère, tournoyer et virevolter comme les feuilles mortes devant ma fenêtre. J'ai mis longtemps à trouver la Porte Dorée et à commencer à parler aussi avec mon corps. Oui, c'est ça, parler autrement qu'avec des mots ; d'ailleurs je pense que je devrais dire à Giovanna et Gaby que ce n'est probablement pas le langage qui nous révèle en premier lieu.

— Non, non... Ne pense pas..., m'enjoint-il, toujours à mon oreille.

J'écarte la tête pour rencontrer son regard et lui dire que ça ne va pas. Je ne peux pas tout faire à la fois, être détendue, enchaîner tous les *ochos, voleos, ganchos*... et ne pas penser.

— Vas-y...

Vas-y quoi ? Qu'est-ce qu'il veut que je fasse ? Décidément, je ne comprends rien. Je ne serai jamais Cremilda, Morocha, Pampita, et encore moins Francesita, c'est sûr.

— Séduis-moi..., dit-il, très sérieux.

Je baisse les yeux sur les chaussures rouges qui glissent sur le sol comme si mes pieds n'étaient pas à moi. Il faut que je m'arrête, il faut que je m'arrête tout de suite, sinon je vais éclater en sanglots.

— C'est ça, le tango, Balérie... Les pas, juste les pas, ça n'a aucun intérêt. Tout le monde peut faire des pas..., dit-il, toujours très sérieux.

15

— Parlons d'Ocho, s'il te plaît...

— Tu ne veux pas continuer à danser ?

— Non... Pas aujourd'hui. Allons plutôt prendre un thé.

On va dans la cuisine. Il met de l'eau à bouillir. Je regarde par la fenêtre. Il n'y a plus de feuilles sur les arbres ; ainsi à nu, sur le fond gris uni, sans ciel, on voit encore mieux la structure rigoureuse du parc. Il pleut depuis deux jours, sans discontinuer. Les arbres et les arbustes sont gorgés d'eau. C'est un long après-midi de novembre qui n'avance pas.

— Pourquoi veux-tu parler d'Ocho Cuarenta ? demande-t-il en espagnol.

J'aime bien quand il parle dans sa langue maternelle ; je le comprends presque mieux que dans son français, truffé de fautes et d'hispanismes de toutes sortes que j'ai toujours envie de corriger. Personne ne lui a-t-il donc jamais fait remarquer qu'il n'avait pas rencontré « à Francesita », mais « Francesita » (la jeune mère de Gaëtan) ? Qu'on ne dit pas « estage », mais « stage », qu'on n'utilise pas « de manière que » à tout bout de champ et à toutes les sauces? Et qu'il ferait mieux de bannir « la profondeur » de son vocabulaire, ce n'est pas quelque chose qui se déclare, mais éventuellement, si déjà il insiste, se devine. Finalement, à chacun son métier : moi les mots, lui les pas.

— C'est lui qui t'a appris le tango, non? C'est à lui que tu dois beaucoup...

Il continue à préparer son thé. Très méticuleux dans ses gestes, il verse de l'eau sur les sachets Lipton, prend des cuillères, du sucre... Puis il sort des croissants et une boîte de Vache qui rit. À Buenos Aires, un ami à lui, Raul Funes, chanteur de tango, venant du même quartier (mais pas de la *villa miseria*) me racontera que sa mère Irma invitait souvent le petit Coco, maigre comme un fil, à prendre une collation l'après-midi : une boisson chaude avec du pain ou des gâteaux; ainsi mangeait-il au moins une fois par jour à sa faim.

Coco trempe donc son croissant, fourré d'un carré de fromage fondu, dans son thé.

— Tu es sûre que tu n'en veux pas? insiste-t-il.

Non, non, merci, je n'ai pas faim (et je ne suis pas tout à fait sûre de cette combinaison croissant et *Vache qui rit*). En revanche, j'aime bien le regarder manger. Il a une façon franche et vigoureuse d'absorber de la nourriture et de s'absorber dedans : manger à pleines dents, avec plaisir et appétit. Rien à voir avec la suspicion avec laquelle Natacha inspecte son assiette avant d'avaler la moindre bouchée, ni avec la diététique très précise à laquelle se soumet l'homme aux quatre initiales, sans parler de toutes les théories alimentaires échafaudées par le père de Félix. Et si tout dans la vie n'était qu'une question d'appétit ?

Je feuillette mon cahier couleur sable pendant que Coco attaque son deuxième croissant. Le nom d'Ocho est sur toutes les pages de la vie argentine de Coco Dias. C'est normal : Ocho est un chef, il veut toujours avoir le dernier mot. Il est plutôt beau garçon, tendre et brutal, séducteur et dominateur. Il a huit ans de plus que Coco. C'est le grand frère, mais aussi le dépositaire de l'image paternelle ; en tout cas, il protège le petit. Quand il y a une bagarre et que Coquito n'a aucune chance de s'en sortir indemne, il est là. Quand Coco a faim, il est là aussi. Quand il veut apprendre le tango, c'est la même chose. Ocho est un excellent danseur de bal, il a une belle démarche et une solide technique de *giros*. Il fait venir le petit chez lui. Ils mettent de la musique. C'est Coco qui fait la femme et Ocho qui guide, qui lui apprend les pas de base. Il s'énerve, il n'est pas patient et encore moins pédagogue ; il ne faut pas oublier que le tango est une danse difficile. Mais il comprend tout de suite que le petit se débrouille bien, il est doué. Au bout de quelques semaines de leçons entre hommes, il l'emmène avec lui dans les bars à billard ou dans les cabarets où l'on danse. Coco a treize ans. Il a déjà couché avec des femmes. Il sait ce que c'est ; il a le sang chaud, comme il dit. Et puis il vit dans un monde où l'on ne s'encombre pas avec la morale et les interdits.

« Marta, Rosa, Popi... dansez avec Coquito ! » lance Ocho aux jeunes femmes assises près du bar, pour la plupart des prostituées qui se font payer un verre de champagne, dansent deux, trois tangos avant d'aller avec leurs clients dans un hôtel, à quelques pas de là. Rosa ne veut pas. « Avec ce petit ? À cette heure-ci, il devrait être au lit », rétorque-t-elle vertement. Alors Coco va avec Popi. Il sait déjà comment faire : il faut danser le premier tango très simplement, pour s'habituer à l'autre, pour comprendre ce qu'on peut bien faire ensemble. Puis ajouter des petites fioritures au second, commencer à s'amuser pour pouvoir y aller franchement au troisième. Popi est aux anges. Elle ne s'attendait pas du tout à un tel numéro de danse avec ce gamin. Ils sont seuls sur la piste ; tout le monde s'est écarté pour les regarder et les applaudir à la fin de leur dernier tango. Alors Rosa s'approche. Elle a changé de chaussures. Maintenant elle fait quelques centimètres de moins et veut bien faire deux ou trois tangos avec ce petit qui danse bien, vraiment bien, on ne pouvait pas le deviner en le voyant entrer. Ce qui est sûr, ce qui se voit comme le nez au milieu de la figure, c'est qu'après avoir dansé quelques tangos avec ce gamin qui aurait dû être au lit à cette heure, elle sera prête à faire autre chose avec lui. Les femmes sont toujours prêtes à tout avec les hommes qui savent danser, dit Coco Dias, qui sait de quoi il parle.

« Je ne peux plus rien t'apprendre, lui annonce Ocho, un jour. Maintenant il faut aller voir ailleurs. Il y a El Chino, un très bon danseur, connu pour ses *salidas* originales. Et surtout El Tano Salvador, le meilleur. » Coco va tout faire pour les retrouver. Mais ce ne sera pas facile pour ne pas dire impossible : El Chino s'est fait tuer dans une bagarre, Tano Salvador est en prison (Coco le retrouvera des années plus tard, à Paris, sous le nom de Nestor Ray, et après une brillante carrière américaine). Il n'est pas surpris outre mesure : j'ai vu plein de morts dans ma vie, dit-il. Alors il va voir à Buenos Aires. Dans la rue Corrientes, il y a l'Académie *Gaeta* qui a très bonne réputation. Coco entre, regarde : il voudrait bien apprendre à danser sérieusement, académiquement, avec des femmes qui nc s'appellent pas forcément Popi, Rosa, Marta... Mais l'inscription coûte beaucoup trop cher et il n'a pas de chaussures. Il retourne chez lui. Il travaille à la maison avec deux manches à balais qui lui servent de jambes de femme (ou bien avec une ceinture pour s'entraîner au rock, Coco est un très bon danseur de rock aussi). Il comprend une fois pour toutes qu'il va continuer tout seul son chemin dans le tango. Mais d'abord il lui faudra prendre une autre route, celle de l'usine de verre où travaille aussi 840.

— C'est lui qui m'a transmis le tango. Mais si ce n'avait pas été lui, ç'aurait été quelqu'un d'autre.

Il boit sa dernière gorgée de thé ; je vois que c'est aussi la dernière phrase qu'il a prononcée au sujet de son ami. C'est toujours comme ça quand il parle de lui : un moment il s'arrête net, comme s'il avait peur de dire quelque chose de trop ou d'émettre un jugement. Pourtant, il fera tout pour que par la suite je puisse le rencontrer, lui parler et m'en faire moi-même une idée.

— Si j'étais resté là-bas, j'aurais fait comme lui..., dit-il au bout d'un moment.

— Tu crois ?

— Je pourrirais en prison... Ou je serais mort. Tu es sûre que tu ne veux pas faire un autre tango, Balérie ?

16

— Tu ne devrais pas y aller, Valérie. Tu es grippée, ton fils a mal aux dents, tu viens d'avoir un accident de vélo... Qu'est-ce que tu vas faire là-bas toute seule ? C'est justement le genre de salon qu'il ne faut pas faire, crois-moi. Personne n'y va.

— Si... Il y a au moins trente auteurs invités. On m'a envoyé le programme.

— D'accord, d'accord. Mais as-tu regardé les noms ?

— Oui...

— Et alors ? Tu connais quelqu'un ?

— Pas vraiment. Il y a quelques auteurs régionaux... Une féministe qui s'appelle Milagros Palma. Quelques Espagnols. Un Écossais, illustre inconnu... Puis Bernard Hinault...

— Bernard qui ?

— Bernard Hinault.

— Le coureur cycliste ?

— Oui...

Je l'entends avaler sa salive à l'autre bout du fil. Natacha a une façon sonore d'avaler sa salive pour marquer un silence ou signifier un désaccord ou une perplexité dans ses conversations téléphoniques.

— Tu vas t'ennuyer à mort devant les piles de tes bouquins. Tu en signeras au maximum sept, huit... Au dîner, tu seras assise entre deux petits notables de province. Tu dormiras mal, dans un hôtel vieillot en face de la gare...

— Au centre-ville...

— ... et tu seras de mauvais poil toute la journée de dimanche. Alors, donne-moi une raison valable pour y aller quand même. Une seule, Valérie.

En fait, il y en a deux. Deux raisons d'avoir accepté l'invitation au salon littéraire de Pau, pensé-je (encore une inversion qui ne présage rien de bon) le lendemain, à Pau donc, devant les piles de mes ouvrages, en regardant passer les gens qui ne me regardent pas. La deuxième, la moins intéressante, est invariablement la même : je sors de Paris, je ne succombe pas à la fausse fièvre du samedi soir ni à la longue mélancolie du dimanche après-midi. Mais la première et la seule vraiment valable, comme dirait Natacha, concerne Coco Dias et moi, ou encore mieux : Coco et les femmes, ou plus précisément : Coco et son ex-femme. Parce que l'une de ses ex-femmes, ex-partenaire de tango et la mère de sa fille adolescente vit — étonnant, mais vrai — à quelques kilomètres de Pau. Une Argentine dont il ne parle pas volontiers. Elle me déteste, dit-il, laconique, à son sujet. Évidemment, je n'ai pas dit à Natacha et encore moins aux organisateurs du salon que je voulais venir à Pau pour rencontrer l'ex-femme du héros principal de mon prochain roman parce que — étonnant, c'est vrai —, elle s'est installée à quelques kilomètres d'ici. Et si j'ai déjà fait le voyage, si je n'ai pas inventé une raison rocambolesque de dernière minute pour me décommander, comme me l'avait suggéré Natacha Pernetty, écrivaine et grande connaisseuse en salons et foires littéraires de France et de Navarre (dans mon cas plutôt Navarre), si je vais passer deux longues journées dans cette ville pas vraiment drôle, c'est le moins qu'on puisse dire, c'est parce que je voudrais la voir, cette Argentine, lui parler, comprendre pourquoi on peut détester Coco Dias, ou simplement m'en faire une idée. D'ailleurs j'ai laissé plusieurs messages à sa fille pour annoncer ma venue, pour dire que j'étais là, que j'attendais un coup de fil de leur part. Parce que je suis curieuse ; je suis toujours fascinée par cette fiction que sont les autres. Je suis sérieuse aussi. Je pourrais même dire que je me sens responsable, moi qui ai pensé jusqu'à maintenant que ce mot n'avait rien, mais vraiment rien à voir avec la littérature. Il faut dire que je ne me suis jamais lancée dans un projet comme celui-là. Je n'ai jamais écrit sur quelqu'un de réel, une personne qui existe, qu'on peut toucher, avec qui on peut danser même. Alors je veux le faire bien, tu vois, je veux le faire à la Balzac, c'est-à-dire en me documentant, en menant une enquête, une contre-enquête, tout ce qu'il faut pour approcher mon héros et le voir comme il est.

Quant au reste, Natacha avait plus ou moins raison. Je suis assise devant les piles de mes trois ouvrages. 17 exemplaires de *Chroniques nocturnes*, 19 de *Dernière interview* et 20 de *Tout droit et à deux cents à l'heure contre le crépuscule*, ce qui veut dire qu'en deux heures et demie j'ai signé

3 *Chroniques nocturnes*, 1 *Dernière interview* et 0 *Tout droit et à deux cents à l'heure contre le crépuscule.* Je ne me trompe pas, j'ai tout le loisir de compter et recompter les exemplaires devant moi. C'est un long samedi après-midi provincial, les gens viennent de faire leur sieste, ils ne sont pas encore bien réveillés, pour ne pas dire qu'ils ne s'intéressent pas à la littérature et encore moins à moi. Vous ne savez pas où sont les toilettes ? me demandent-ils. Ou bien : Vous n'avez pas vu Bernard Hinault ? Il devrait être par là, non ? Ou encore : C'est vous qui avez écrit tout ça ? Ou la plupart du temps : Valérie Nolo ? Vous êtes d'origine espagnole ? On ne vous connaît pas. Vous êtes qui ? Vous écrivez sur quoi ? De toute façon, moi je ne lis pas de romans. Pourquoi je lirais des choses que vous avez imaginées et qui ne sont même pas vraies ? Ou encore mieux : J'ai un conseil pour vous, mademoiselle, vous devriez passer à la télévision.

Je les regarde passer. Je les regarde attentivement, c'est tout ce que j'ai à faire cet après-midi. Il est toujours difficile de s'imaginer pour qui on écrit, pour qui on passe des heures et des heures devant un écran d'ordinateur à chercher le mot juste, une métaphore qui n'est pas usée jusqu'à la corde, une mélodie, un rythme, un souffle qui ne serait que le nôtre. Est-ce que ce serait donc pour ceux qui flânent (non, j'aime trop ce mot : ils ne flânent pas, ils traînassent, ils flemmardent...) dans les allées en cherchant les toilettes, Bernard Hinault ou quelqu'un d'autre, en tout cas pas moi ? Mais c'est au moins une bonne question, n'est-ce pas, Valérie Nolo ? Pour qui écris-tu ? Pour qui t'enfermes-tu chez toi, à côté de la chambre de Félix, dans la petite pièce qui donne sur une cour intérieure, pendant que les autres vivent leur vie ?

Je continue à regarder les gens qui ne sont pas mes lecteurs, ce n'est certainement pas aujourd'hui que je vais trouver la réponse à cette question. Et puis on ne sait jamais, j'aurai peut-être une surprise en la personne d'une petite brune, quarante ans, plutôt jolie et bien faite. Elle n'est pas ma lectrice non plus, mais elle vient pour moi, elle va s'arrêter devant mes piles, elle va regarder le nom sur les bouquins, puis moi, puis encore une fois mon nom, puis enfin elle va dire : « C'est vous qui écrivez un livre sur Coco Dias ? » Je suis des yeux toutes les petites brunes, susceptibles d'être argentines et danseuses de tango, ex-femme de Coco Dias pour être plus précise, mais aucune n'a l'air de vouloir s'arrêter devant moi pour demander ce que je veux savoir sur lui, le personnage principal de mon roman.

Alors pour jouer le jeu et faire au moins quelque chose, je réponds poliment à toutes les questions qu'on me pose. Les toilettes sont un peu plus loin, à gauche, il faut descendre l'escalier et continuer tout droit. Bernard Hinault est sur le premier stand en entrant, c'est facile, il y a une queue devant lui, vous ne pouvez pas ne pas le trouver... Non, ce n'est pas moi qui ai écrit ces livres, c'est ma sœur. Elle vient d'avoir un accident de vélo, la pauvre, alors je la représente. Je peux vous répondre à sa place, je connais bien ce qu'elle fait. Ses nouvelles, par exemple, ou les chroniques nocturnes comme elle les appelle. De vraies histoires, bien racontées, avec une certaine nonchalance, désinvolture, mine de rien, les Italiens ont un mot pour dire ça : *sprezzatura*. Je ne sais pas si vous voyez ce que je veux dire. Non ? Ce n'est pas grave. Je peux vous signer un exemplaire, si vous voulez, je sais imiter sa signature... Vous ne voulez pas ? Ce n'est pas grave non plus. De toute façon, je raconte n'importe quoi. Ce n'est pas ma sœur, c'est moi. Oui, c'est moi, Valérie Nolo. Je ne suis pas espagnole à ce que je sache, ou bien un tout petit peu, un quart, ou même la moitié... Un quart espagnole. Ou un quart québecoise, ou bien argentine, ou bretonne, je n'en sais rien. Non, non, je dis la vérité : ma mère, adoptée à la naissance, ne connaissait donc ni sa mère ni son père, et encore moins ses origines. Vers la fin de sa vie, elle ne connaissait plus rien du tout. Sur quoi j'écris ? C'est une question plus difficile. J'écris sur ce qui m'émeut. Oui, c'est ça : sur ce qui m'émeut et m'intrigue. M'interroge... M'amuse même... Et ça vaut mieux, non, vu que je passe à peu près un an sur un livre. Oui, un an, quatre saisons... C'est important pour moi, de regarder comment le temps se regarde dans mon livre. Mon dernier ? Celui que je suis en train de faire ? Vous voulez savoir de quoi ça parle ? Ce n'est pas facile de le dire comme ça, en quelques mots. Disons que c'est comme un tableau, un portrait de groupe, avec, au centre, un danseur de tango. Un grand danseur de tango, un Argentin, un vrai, qui un jour rencontre une jeune femme, seule et désespérée. Il lui raconte sa vie. Et surtout il lui apprend à danser. Il lui apprend ce que c'est de tenir dans les bras un homme. Il lui apprend à y aller franchement, à être en face, à ne pas avoir peur, à jouer, à séduire, à être vivante, exigeante, audacieuse et libre... Il lui fait comprendre que c'est la chose la plus précieuse au monde. Qu'est-ce que vous dites ? Je n'ai pas compris... Que je devrais aller à la télévision si je veux que ça marche ? Je veux plus que ça. Beaucoup plus. Je veux que ça danse... Oui, c'est ça. Que ça danse, avec ou sans télévision.

17

— Vous m'avez manqué.

— Je suis allée pour deux jours à Pau. Plus une semaine où je n'ai pas répondu au téléphone, ce qui nous fait au total une semaine et demie. Une semaine et demie sans nouvelles, ce n'est pas la mer à boire.

— Qu'avez-vous fait à Pau ?

— Pas grand-chose. J'ai parlé dans le vide. J'ai attendu une femme qui n'est pas venue. Une ex de Coco Dias.

— Encore lui ?

— Comme vous dites.

— Que vous arrive-t-il, Valérie ?

— Ça doit être l'automne. Trop chaud. Même les ours deviennent insomniaques.

— Non, dites-moi la vérité !

— Je viens de vous la dire. Même les ours deviennent insomniaques. Alors moi, c'est encore pire... Et je ne parle pas des fêtes de fin d'année qui approchent. Je déteste.

— Vous avez de l'humour aujourd'hui, Valérie Nolo.

— Toujours, quand je suis désespérée. Vous ne le saviez

pas ? Non, vous ne pouvez pas le savoir. On ne se connaît pas. Ou très peu... Je me demande d'ailleurs pourquoi vous vous intéressez à moi. C'est une question que je me pose depuis quelque temps. Pourquoi on s'intéresse à quelqu'un ? Dites-moi... Mais qu'est-ce que vous faites ?

Il s'est arrêté. Il ne bouge plus. À le voir comme ça, à quelques mètres de distance, un soir de décembre, sous les platanes du boulevard Henri-IV, avec son costume impeccable, chaussures Winston, chemise sur mesure, brodée de ses quatre initiales, et imper noir, négligemment ouvert devant pour faire encore plus chic, j'ai envie de sourire. Je n'ai jamais pensé qu'un jour, je me promènerais sur boulevard Henri-IV avec un homme aussi élégant. Si Yann me voyait, il n'en croirait pas ses yeux.

— Répétez ce que vous avez dit. Je n'ai pas entendu, dit-il quand je reviens sur mes pas et que je m'arrête devant lui.

— Non... C'était pathétique.

— Alors donnez-moi la main. Et puis ne courez pas. Je n'arrive pas à vous suivre... On a dit qu'on allait marcher ensemble. Marcher, et non courir.

C'est moi qui l'ai dit. Je lui ai dit que je ne voulais pas aller boire un verre de champagne avec lui, je n'avais rien à fêter, mon livre n'avançait pas, mon tango était stationnaire et sans éclat, comme ma vie, d'ailleurs. Je ne voulais pas aller dîner non plus, même aux chandelles et tout le tralala, je n'avais pas faim. Et puis je n'avais pas vraiment envie d'avoir quelqu'un en face de moi. Je ne sais pas s'il connaît cet état, moi ça m'arrive de temps en temps, quand je ne peux pas écrire, quand je danse mal ou à l'approche des fêtes, ou même sans raison... Si par contre il voulait bien marcher, c'est ça, marcher, il a bien entendu, marcher, poser un pied devant l'autre, n'importe où, n'importe quelle rue, ruelle, avenue, boulevard, pont, place... je ne dirais pas non. « Affaire conclue... », avait-il dit et il m'avait donné rendez-vous devant les marches de l'Opéra Bastille.

— Vous êtes audacieux, aujourd'hui.

— Vous vous moquez de moi.

— Non...

— Alors laissez-moi vous prendre sous le bras.

— Ce sera plutôt moi.

— Vous êtes une femme compliquée, Valérie... Et ne me contredisez pas.

— Si ça peut vous faire plaisir...

— Répétez-le...

Je fais non de la tête et je glisse ma main sous son bras. Je préfère tenir la main plutôt que d'être tenue, et ce n'est pas pour ça que je suis une femme compliquée. Nous nous remettons en marche. C'est la première fois que nous le faisons ensemble : lui, l'homme élégant et raffiné, habitué à ce que les choses marchent comme il veut, et moi, pas vraiment élégante ni raffinée, encore moins habituée à ce que ça marche pour moi. Alors j'essaye au moins de marcher comme je l'entends, poser mes pieds l'un devant l'autre à ma façon. Puis, important, très important, régler mon pas sur le sien, être dans le rythme, dans la cadence, comme quand on danse le tango. Parce que pour savoir si ça marche entre deux personnes, il faut savoir marcher ensemble ; et marcher ensemble ne va pas de soi. En tout cas, si je parle pour moi, je voudrais que ça marche : si déjà nous avançons l'un à côté de l'autre, si nous cheminons ensemble, si nous flânons (j'ai un faible pour ce verbe), autant le faire bien.

Je me mets donc dans son pas, j'écoute son souffle, je regarde ce qu'il regarde : les platanes, les vitrines, les illuminations, les fêtes qui se préparent, les gens qui passent, les feuilles mortes... Même une vraie forêt de sapins devant un marchand de fleurs; une forêt de sapins morts que nous traversons l'un derrière l'autre.

Nous passons le pont, de nouveau bras dessus, bras dessous. Nous continuons sur la rive gauche, en silence, chacun sagement dans ses pas et ses pensées.

— Qu'est-ce qu'il y a, Valérie ?

— Pourquoi ?

— Je vous trouve tendue... Et ne me parlez pas des ours, s'il vous plaît !

Je m'arrête, je me tourne vers lui. Un bus passe à quelques centimètres de mon dos; je sursaute, puis je m'approche encore plus. Je ne l'ai jamais vu d'aussi près. Je lui souris : parfois il a de bonnes répliques.

— Parce que vous n'aimez pas les ours ?

— Ne changez pas de sujet ! Dites-moi à quoi vous pensez.

— Vous voulez vraiment le savoir ?

— Oui.

Un autre bus passe, toujours aussi peu regardant.

— Je pense qu'il est difficile de marcher ensemble... Je veux dire à deux, l'un à côté de l'autre.

18

Pour une fois, pour changer de géographie et de décor, il ne me donne pas rendez-vous à la Porte Dorée, mais à la Porte Dauphine. « En sortant du métro, tu prends le premier boulevard à gauche, tu fais cent mètres, c'est au numéro 65, troisième étage, il n'y a qu'une porte, tu ne peux pas te tromper... », m'explique-t-il au téléphone. Quand je sonne à cette porte et qu'une jeune femme, manifestement une employée de maison, me fait entrer dans un vaste appartement, bourgeois et insolent de bon goût, je ne comprends rien, c'est classique. Quand j'entends un tango au loin, quand on m'ouvre la porte du salon d'où vient la musique, et que je l'aperçois, lui, Coco Dias, en train de danser avec une petite brune, jupe courte et queue-de-cheval, je suis toujours dans le brouillard le plus total.

— Assieds-toi et regarde, murmure-t-il en me montrant de la tête un grand canapé en cuir derrière moi.

Je le fais ; je m'enfonce dans un canapé généreux et confortable, je regarde, j'observe. Il y a d'abord le décor.

Rien à voir avec notre modeste pièce nue à l'autre bout de Paris, petite cuisine et gros lapin au sourire idiot qui traîne par terre ; nous sommes chez les gens aisés qui ont du goût et des œuvres d'art. Le salon est si vaste qu'il n'y a pas besoin de repousser quoi que ce soit pour danser le tango : il suffit de rouler le gros tapis qui couvre le beau parquet en chêne foncé. Coco s'est fait fort élégant pour l'occasion, façon sobre, en noir et blanc (et non version vieux *milonguero* kitsch tel qu'il s'affuble une fois sur deux). Il danse pareil, c'est-à-dire sobre, discipliné, sans trop de figures et de fioritures. Même la musique ne ressemble pas à celle sur laquelle il danse avec moi : ce sont des tangos archiconnus et bien rythmés de D'Arienzo, et non pas nos tangos à nous, plus rares, plus voyous, plus bas-fonds. Il n'a pas l'air de chantonner en dansant comme il le fait avec moi. Il ne lui explique pas les textes. Il ne râle pas non plus et ne la lâche pas pour s'exclamer qu'elle n'est pas dans le rythme.

Alors que se passe-t-il ? Qu'est-ce qu'on fait là ? Que veut dire le petit spectacle auquel il m'a convié ? Car il ne faut pas oublier ses grands talents de metteur en scène. Il ne cherche pas trop comment me dire qu'il a un fils : il le met en scène, il me fait participer à la pièce, y jouer même un rôle surprise pour l'occasion, souviens-toi, la deuxième ou la troisième fois à la Porte Dorée, le grand landau, le biberon, le petit pied sans chaussette... Que veut-il me raconter, cette fois ? Comment s'appelle-t-elle, cette nouvelle mise en scène ? Ce n'est pas : Coco a un fils, on le sait (il a aussi une fille). Cette fois, c'est peut-être : Coco a une maîtresse. Voilà, ça doit être ça. Coco Dias a une maîtresse.

Elle est petite. Elle est brune, elle attache ses cheveux en queue-de-cheval. Elle s'habille avec une certaine nonchalance, tee-shirt blanc et jupe courte (presque trop courte si je peux me permettre). Pourtant c'est une femme de goût et de culture, il suffit de jeter un coup d'œil dans son salon pour s'en convaincre : sculptures contemporaines, lithographies et tableaux qu'Agathe connaîtrait certainement (je pense même qu'elle dirait : trop, il y a trop d'art dans la même pièce). Une femme de goût et de culture donc qui aime le tango. Une femme de goût et de culture qui aime Coco Dias.

Il sait bien que c'est un sujet qui m'intéresse. Coco et les femmes. Un soir, en train de changer sa chemise à la Porte Dorée, il me pose la question suivante : « Est-ce que tu sais qui a été la femme la plus importante de ma vie ? — Oui... — Qui ? — Ta mère. » Un autre soir ou plutôt une nuit, dans un taxi qui nous amène au Latina, il déclare de but en blanc : « Si j'y repense, tout compte fait, j'ai eu beaucoup de chance avec les femmes... » Une autre fois, il dévie sur ce même sujet-là, tout d'un coup philosophe : « Tu sais ce qui m'intéresse avec les femmes ? — Non... Quoi ? — Qu'elles m'aident à comprendre ce monde difficile dans lequel on vit. » Et encore une autre fois, à la Porte Dorée, déjà à la porte, deux préservatifs tombent de sa poche. Je les ramasse, je les lui tends tendancieusement. « Qu'est-ce que tu veux savoir ? demande-t-il, avec sourire. — Tout... — C'est beaucoup, Balérie. C'est trop... », répond-il, toujours avec le sourire.

Il a raison. Tout, c'est beaucoup, c'est trop. Moi aussi j'aime bien le secret. *Le secret d'ennuyer, c'est de vouloir tout dire...*, ai-je inscrit dans un de mes cahiers. Mais entre « tout » et « pas grand-chose » il y a de la marge, non, et puis c'est ce qui m'intéresse toujours le plus. L'amour, ce qui se passe entre les hommes et les femmes... C'est le sujet des sujets, quoi qu'on en pense. Qu'est-ce que je sais, alors, sur Coco Dias et les femmes ?

Ce qui se voit tout de suite, ce qu'on comprend aussitôt quand on danse avec lui, c'est qu'il aime ça. Il aime les femmes. Il aime en jouir et les faire jouir, c'est un sensuel. Il aime séduire aussi. Il comprend vite où il en est avec une femme. Il sait s'y prendre. Il a de l'expérience. « J'ai commencé à huit ans, tu sais..., m'a-t-il dit plusieurs fois. — À huit ans ? — Oui, c'est à huit ans que j'ai compris comment ça marchait. Avec une copine de mon oncle Tita. Elle s'appelait Beti. Elle voulait bien jouer avec moi pour me faire comprendre deux, trois choses... Tu vois ? — Je vois... Et après il y a eu Marta, Rosa, Popi... — Non, Rosa n'a jamais voulu, précise-t-il. — Tu m'as dit que si... — Non, non, pas Rosa... Tu te trompes. — D'accord, pas Rosa... Mais les autres... — Oui, les autres, oui... Sauf que moi je n'ai jamais payé. — Tu as dansé avec... Et puis après... — Après on passait à autre chose. Mais il y a eu aussi Lili qui n'avait rien à voir avec tout ça. Une très jeune fille. J'étais le premier homme dans sa vie. Je l'aimais beaucoup... Elle aussi, je le croyais du moins. En tout cas, je lui ai écrit beaucoup de lettres quand j'étais au service militaire. Elle ne m'a jamais répondu. Quand je suis revenu, j'ai compris qu'il y avait quelqu'un d'autre. Elle s'est même fait avorter... — Et après ? — Après quand ? — Quand tu es venu à Paris... — Après je me suis marié. — Marié ? »

Il y a eu donc Beti. Puis Marta-Rosa-Popi... (des filles qui ne s'appelaient pas Rosa à la place de Rosa). Puis Lili, la traîtresse... Puis Cremilda, la Péruvienne, sa première partenaire de tango. Puis Marie-Josée, sa première femme, une Française, une militante de gauche, rencontrée au Comité latino-américain à Paris ; pas de tango donc, mais un peu de conscience politique (ce qui ne fait pas de mal, surtout pour un Argentin qui peut rester baba devant une Evita Perón). Puis une Belge, une peintre, dont je ne sais pas grand-chose. Puis Carolina Iotti alias Pampita, une autre partenaire de tango, avec qui il a fait des tournées internationales. Puis Morocha, rencontrée à une milonga à Buenos Aires, la mère de sa fille, sa deuxième femme officielle ; celle qui vit près de Pau maintenant et qui n'a pas voulu me rencontrer quand je suis allée au salon du livre pour la voir ; celle qui le déteste. Puis Antonia, une belle Espagnole de Barcelone, danseuse aussi. Et enfin Francesita, la dernière, la très jeune mère de Gaëtan, danseuse classique, transformée par Coco en danseuse de tango et partenaire de danse.

Puis manifestement, il y en a d'autres, moins officielles, pour ne pas dire cachées comme celle-là, petite, queue-de-cheval, jupe trop courte... Bourgeoise, elle aussi, amateur d'art, collectionneuse... Danseuse de tango si on veut, mais pas comme Cremilda, Pampita, Morocha... Plutôt comme moi. Amateur, passionnée, mais danseuse moyenne, très moyenne, bref, passons, parlons d'autre chose... En tout cas, il s'applique, il essaye de la faire danser bien, de la mettre en valeur et de jouer avec elle ; un bon danseur peut faire des miracles.

— À toi maintenant, Balérie..., dit-il à un moment où mon regard s'apprête à glisser de nouveau sur les œuvres d'art.

— À moi ?

— Mets tes chaussures. Qu'est-ce que tu attends ?

Il traverse le vaste salon pour aller mettre un autre disque.

— Tu vas nous faire préparer du thé, s'il te plaît, demande-t-il à son amie, propriétaire des lieux.

— Viens, Balérie. À nous deux...

Je m'approche, je pose mon bras sur son épaule, finalement je participe toujours à ses mises en scène même si je ne connais pas le scénario. Aujourd'hui il est très sérieux, très maestro de tango. « Pense à ton axe, pivote bien, ne t'appuie pas trop sur moi... Et n'oublie pas d'écouter les paroles. Il n'y a pas que la musique qui est importante dans le tango, tu sais bien..., me dit-il avant de commencer. Penser à mon axe, à pivoter, à ne pas trop m'appuyer sur lui, à écouter les paroles, ce n'est pas facile, je suis encore avec Marta-Rosa-Popi, Lili, Cremilda, Pampita... puis avec la toute nouvelle, amateur et collectionneuse d'art, qui est assise à ma place sur le canapé et nous regarde comme je viens de le faire avec eux. Au bout d'un moment, je ferme les yeux et je ne suis plus qu'avec lui, Coco Dias, amateur et collectionneur de femmes. Il me semble qu'il me sourit, qu'il me parle et que lui aussi est avec moi, rien qu'avec moi.

Quand plus tard nous sortons ensemble et que nous nous retrouvons dehors, sur le boulevard, je lui demande pourquoi il n'est pas resté avec elle.

— Pourquoi je devrais rester avec elle ?

— Elle n'est pas ta maîtresse ?

Il me regarde comme si je rêvais en plein jour.

— Maîtresse ? Où es-tu allée chercher ça ? C'est une avocate. Une très bonne avocate. Une avocate qui n'aime pas sortir pour aller danser. Alors c'est moi qui viens chez elle. Je gagne ma vie, Balérie.

Maintenant c'est moi qui écarquille les yeux.

— Alors pourquoi tu m'as fait venir chez elle ?

— Pour nous changer de la Porte Dorée. Et pour que tu voies que d'une certaine manière je continue à cirer les pompes. Je suis toujours *lustrador de zapatos.* En plus raffiné, tu ne trouves pas...

Je vais prendre le métro. Quand je m'arrête un instant pour le voir de loin — lui cherche un taxi — il me fait signe d'attendre. On dirait qu'il a oublié quelque chose d'important qu'il veut me dire à tout prix. Il revient vers moi, hésite un peu, puis me dit :

— Est-ce que tu vas mettre des photos dans ton livre ?

19

« Est-ce que tu vas mettre des photos dans ton livre ? »

Ai-je bien entendu ? Il faut que je me le répète plusieurs fois pour le croire. Je devrais appeler Robert, mon éditeur, tout de suite, avant de descendre sous terre, et lui raconter ce qui se passe. Il me dit toujours que je peux l'appeler si j'ai un doute, un souci, un problème quelconque avec mon roman. Oui, j'ai un problème, Robert, un souci. Une nouvelle plutôt, qui n'en est plus une, et je ferais bien de lui en toucher un mot. Je ne suis plus avec Agathe. Je l'ai abandonnée ; je l'ai laissée de côté ; j'ai acheté un nouveau cahier pour le dire différemment. Même si — curieusement — elle est toujours là. Si je vois une belle brune dans la rue, imper serré à la taille, chaussures plates, un grand sac à la main, je me retourne sur elle : elle s'habille comme Agathe. Si je passe devant une queue monstre devant le Grand Palais ou un autre musée où l'on affiche une exposition qu'il faut voir à tout prix, je me dis : c'est tout ce qu'elle déteste, la consommation de masse des œuvres d'art. Quand je continue à disposer des citrons dans ma Folie, pour lui donner un éclat de couleur, un petit coup de folie supplémentaire, je pense à Manet, c'est-à-dire à elle. Quand je me regarde dans le miroir, je remarque que la fausse-rousse-bouclée-plutôt-bien-roulée vieillit. Plus ou moins imperceptiblement, d'accord, mais elle vieillit, je le vois, je vois que le temps passe, et je ne veux pas en avoir peur comme Agathe. Je m'en fous de la ménopause, des bouffées de chaleur, des sueurs nocturnes, des sautes d'humeur, de toute façon, je connais déjà, je sais ce que c'est (je parle des sautes d'humeur et des nuits blanches). Mais je ne vais pas raconter tout ça à Robert, bien évidemment. Je vais lui annoncer enfin qu'il ne peut plus compter avec mon *Chef-d'œuvre*, ni minuscule ni majuscule, rien... Parce que j'ai rencontré un danseur de tango.

Un danseur de tango ? Les gens sont toujours surpris. Ils ne savent pas quoi en penser. Le tango, c'est un truc de vieux, n'est-ce pas... Pour Fabian — et Fabian n'est pas vieux, il a tout juste quarante ans — le tango c'est l'émotion, et l'émotion — on le sait — est la transformation magique du monde. J'ai rencontré donc un danseur de tango, Robert. Ce n'est pas un danseur de tango comme il y en a légion aujourd'hui. Il vient de là d'où vient le tango, des bas-fonds, de la misère, des faubourgs de Buenos Aires. Il a fait comme le tango : après son enfance et son adolescence dans le sous-prolétariat urbain, il a passé dans les salons, il s'est embourgeoisé, il s'est émancipé, et a via Paris conquis le monde. Qu'est-ce que je raconte ? C'est son histoire. L'histoire de Coco Dias qui se confond avec celle du tango. Ils se comprennent, ils parlent le même *lunfardo,* cette langue des voyous qui se font poètes. Né dans les faubourgs, vivant dans la misère, la violence, la prostitution, la drogue, il a pris le bateau, il est venu à Paris. Paris a joué le sésame, Paris lui a ouvert la porte. C'est à Paris qu'il est devenu danseur de tango. C'est à Paris qu'il est devenu Coco Dias. Évidemment, ça n'a pas été aussi simple. Il va me le raconter. J'aime bien comment il raconte. Il se perd, il ne sait plus où il en est, il parle mal, il est confus, enfin, il faut vraiment savoir le comprendre, mais ses yeux brillent, il est transporté, il a tous les âges.

Parce que nous avons conclu un pacte, Robert. J'écris sur lui, il m'apprend à danser. Je ne vais pas entrer dans les détails, mais c'est à peu près ça. Alors exit Agathe, bonjour Coco. Je suis dans un autre roman. D'ailleurs, est-ce toujours un roman ? Toute vie est un roman, une composition, un fil rouge, une émotion. Et moi j'aime ça, tu sais bien, j'aime la composition, j'aime le fil rouge, je m'incline devant la transformation magique du monde. En tout cas, c'est nouveau pour moi. Je n'ai jamais entrepris une chose pareille. Écrire sur une vraie personne, sur quelqu'un qui existe, qui n'est pas le fruit de mon imagination comme Agathe, même si elle aussi, d'une certaine manière, existe. Pour une fois, je ne suis pas toute seule dans une histoire. Tout ne dépend pas de moi, pour ne pas dire que je ne peux rien sans lui. Je ne sais pas où je vais. Parfois je ne suis même pas sûre de lui. Qu'est-ce que je veux dire avec ça ? Je me demande si Coco Dias comprend ce que je suis en train de faire. Non, je vais te le dire tout de suite, ce n'est même pas la peine que je me pose la question. Il ne le comprend pas. Il ne sait pas ce que c'est qu'un roman. Parce que tu veux savoir ce qu'il vient de me dire ? Tu veux que je te le dise ?

Non, je lui parlerai plus tard, en rentrant à la maison, dans ma Folie. Je vais me mettre sur le canapé, je vais prendre le téléphone et mon autre Robert sur les genoux, et je vais lui raconter tout ça tranquillement.

20

Ça ne se passe pas que dans les romans, ça se passe aussi dans la vie, je veux dire que les choses arrivent quand elles doivent arriver. Je ne sais comment l'expliquer, d'ailleurs je ne sais pas s'il faut chercher à le faire à tout prix. Si je reviens à mon histoire, c'est-à-dire à l'histoire de Coco Dias qui par moments croise la mienne, il faut que je continue avec la soirée qui suit l'après-midi chez l'avocate, qui n'est donc pas sa maîtresse comme je croyais, et avec la question sur les photos dont je voulais parler à Robert, mon éditeur, ce que finalement je n'ai pas fait. Parce qu'en revenant chez moi, dans ma Folie, en m'installant confortablement sur mon canapé, l'autre Robert sur les genoux, le téléphone sonne. C'est Coco Dias, qui s'apprête à aller danser, et m'invite avec lui. Il fait souvent ça, il appelle pour me donner rendez-vous dans la demi-heure qui suit comme si c'était tout ce que j'avais à faire dans ma vie : attendre qu'il appelle.

— Je suis fatiguée, Coco, j'ai envie de me coucher tôt ce soir.

— Coucher ? Tu as encore toute ta vie pour dormir, Balérie.

— Je dors mal en ce moment...

— Justement, une raison de plus pour ne pas te coucher.

— Je n'ai pas trop envie de sortir.

— C'est quand on n'a pas vraiment envie de faire quelque chose qu'il faut le faire. Tu ne le savais pas ? Non ? Alors habille-toi, prends tes chaussures... Pour une fois que je t'invite avec moi...

Il a raison : pour une fois qu'il m'invite avec lui. Il ne me le proposera certainement plus, il ne sort pas souvent tout seul, sans parler du fait que je ne suis pas vraiment une danseuse à sa mesure. Et puis c'est peut-être vrai : c'est quand on ne s'attend à rien que les choses se passent. En tout cas, c'est comme ça que j'ai rencontré mon amant libanais, à deux heures et demie du matin, quand je n'en pouvais plus d'enlever et remettre mes boucles d'oreilles, les mêmes que plus tard dans la nuit nous avons enlevées et remises ensemble d'une manière inoubliable, il faut bien le dire. Il sera peut-être là, on ne sait jamais... Il est peut-être revenu. Il avait l'air de voyager beaucoup, de changer de ville comme de chemise. Alors oui, je vais pousser Robert, je vais manger quelque chose, je vais prendre une douche. Et puis je vais mettre ma plus jolie jupe, mon chemisier vert en soie, très près du corps, décolleté dans le dos, puis mes chaussures de tango noires, les vertigineuses, en velours doublé cuir, très sexy, talons aiguilles de dix centimètres et demi, ouvertes derrière et devant, *Comme il faut* (majuscule et minuscule), sans oublier — important — mes boucles d'oreilles. Je vais sauter sur mon vélo, descendre le boulevard Voltaire, prendre par la place de la Bastille, puis la rue Saint-Antoine, puis la rue du Temple, premier étage, et voilà, j'y serai.

Il y a seulement deux ans, je n'aurais jamais pu imaginer qu'un jour, quand la plupart des gens s'apprêteraient à aller au lit ou à regarder le dernier journal télévisé, moi, je m'habillerais, plutôt légèrement, je me parfumerais et je sortirais pour aller danser le tango. Ce n'était pas mon genre, loin de là. Mon genre était de rester à la maison, dans notre Folie, avec Yann et Félix, de relire les dernières pages de mon roman ou de faire quelques travaux de traduction en retard comme la quinzième version d'un des six protocoles de la convention alpine, de regarder un film sur Arte, ou bien tout simplement d'aller me coucher, comme tout le monde. Je n'avais pas non plus ce genre de vêtements dans ma garde-robe : robes noires, sexy, décolletées devant ou derrière, petites jupes, plutôt gaies et dansantes, chemisiers en soie de toutes sortes, collants résilles... Je ne savais même pas que ça pouvait m'aller, ni que j'étais — comme on me le dit parfois — plutôt bien roulée. Je ne connaissais pas non plus ce petit frisson dans le bas-ventre, cette drôle d'excitation, qui me saisit chaque fois quand j'approche de la rue du Temple, et me fait presser le pas pour aller rejoindre le premier étage du vieux cinéma d'où vient l'écho des tangos qui me serrent le cœur.

Je m'arrête en haut des marches, je regarde autour de moi. Je passe en revue tous les gens qui sont là : ceux qui dansent, ceux qui sont assis au bar ou attablés autour de la piste, même ceux qui sont debout dans le couloir qui mène au cinéma. Je le fais à chaque fois, et aujourd'hui avec encore plus d'attention. Il y a donc la petite brune, la fonctionnaire du ministère de l'Agriculture, toujours aussi souriante et mal fagotée, qui me fait un petit signe de loin. Le brillant analyste financier, accoudé au bar, puis l'affable informaticien algérien à qui il manque une dent, puis Nicolas, qui est toujours là. Les deux hommes qui ne dansent qu'entre eux, déliés, délicats, parfaitement accordés. Il y a l'ex-femme d'un médecin célèbre, Carla, divorcée, mère de quatre enfants, Christian, le retraité, qui est là parce qu'il s'ennuie chez lui, Alfredo, le coiffeur argentin, le médecin japonais, qui se tient très droit et élégant. Le peintre farfelu avec ses chemises à fleurs et son tango tout aussi farfelu, le postier noir de la Martinique. Il y a quelques jeunes dont je ne sais rien parce qu'ils dansent la plupart du temps entre eux, croyant que le tango est une compétition de gymnastique où il faut gagner. Il y a un couple assis, en train de manger, l'air fasciné comme on peut l'être quand on voit cette danse pour la première fois. Une femme seule au bar que je ne connais pas. Aris le Grec, propriétaire d'un quart de cheval de course, qui ne danse pas, mais vient regarder et siroter de la bière argentine. Quelques autres personnes, de passage certainement, que je ne connais pas non plus. Eux ne sont pas là, je parle de mon éphémère amant libanais et de Coco Dias. Ou mieux : ils ne sont pas encore arrivés. Les bons danseurs, surtout argentins, se font toujours attendre.

Alors je mets mes chaussures, les noires, les vertigineuses, celles que je garde pour les occasions spéciales, comme ce soir. Il faut que je sois prête. Car je vais peut-être, on ne sait jamais, danser avec mon amant libanais. Puis, c'est sûr, avec Coco Dias, pour une fois en public, devant tout le monde.

Je devrais faire un saut dans le temps, une accélération en avant, pour aller plus vite, pour ne pas m'attarder inutilement : je n'ai pas dansé avec mon éphémère amant libanais, parce qu'il n'est pas venu. Je n'ai pas non plus dansé avec Coco Dias, qui, lui, est venu. Le héros de mon roman est arrivé après minuit, en fanfare, si je peux le dire ainsi : costume rayé, chemise rose, chaussures qui brillent, bonjour à tout le monde, c'est-à-dire au patron, à sa femme et à quelques Argentins, habitués des lieux, qui ne se mélangent pas aux autres. Moi, il m'a saluée de loin, avec un clin d'œil et un petit sourire, il faut savoir garder son rang, ne pas se disperser, se faire désirer de loin. On ne voit que lui, personne ne s'habille en vieux beau comme Orlando Dias. Il reste debout, en maestro de tango qui ne descend pas souvent dans l'arène, à observer tout ce petit monde qui danse devant ses yeux. Il a l'air songeur, distant, je me demande à quoi il peut bien penser. Puis soudain, son œil s'allume, son visage devient confiant, innocent, ému, comme quand il parle de Flora, Chiquito, Ocho et les autres. Il se décolle du mur, il traverse la piste de danse, il se dirige vers la table, occupée par le couple que j'ai vu en arrivant et que je ne connais pas. Il embrasse la femme, il la prend dans ses bras, puis serre la main de l'homme à côté d'elle. Il s'assied à leur table, il se met à parler avec elle. Il n'est plus maestro de tango, il redevient le jeune homme maigre qui a toujours peur d'avoir faim et qui s'apprête à débarquer dans un pays qu'il ne connaît pas.

Il est sur le *Marconi*, le grand bateau en train de voguer vers la France.

— Viens, Balérie, viens ici..., m'appelle-t-il de loin, au bout de quelque temps.

Je traverse à mon tour la salle, je m'approche d'eux.

— Balérie, je te présente Gricelda Sarmiento. Elle est uruguayenne. Nous avons été ensemble sur le *Marconi*. Elle est psychanalyste. Je vais l'inviter à danser. Attends-nous ici... Tu veux bien ? Après tu pourras parler avec elle, si tu veux. Je lui ai dit que tu étais écrivain et que tu écrivais ma biographie... C'est ça, non ? C'est tout de même incroyable, tu ne trouves pas ?

Ils n'attendent pas ma réponse, ils se lèvent et se mettent à danser, le petit Coco Dias et la brune, la distinguée Gricelda Sarmiento. Je n'ai donc pas eu le temps de leur dire que ce n'était pas vrai, je n'étais pas en train d'écrire une biographie de Coco Dias, et je n'allais pas non plus — il faut que ce soit clair — mettre des photos dedans. Est-ce qu'il y a des photos dans *Anna Karenine* ou *L'amant de Lady Chatterley*, je prends au hasard dans le top 10 de mes romans préférés ? Car j'écris un roman dont le personnage principal est un danseur de tango, il s'appelle Coco Dias, il est en train de danser avec Gricelda Sarmiento, et là, c'est vrai, c'est incroyable, c'est magique, les choses tombent souvent comme elles doivent tomber. Alors je vais faire un autre saut dans le temps, en arrière cette fois, des années en arrière.

Nous sommes le 5 mars 1977, Coco a vingt-six ans et s'apprête à embarquer sur le *Marconi*. Il a quelques pesos avec lui, deux valises et trois sacs de nourriture. Une poignée d'amis est venue l'accompagner au vieux port de

Buenos Aires. Quand le grand *Marconi* largue les amarres, quand la ville de Buenos Aires commence à s'éloigner et devenir de plus en plus floue au loin, il sent bien que son destin est en train de basculer : désormais, c'est sûr, c'est inévitable, il y aura un avant et un après *Marconi*. Le voyage est long. Seize jours, six escales. Coco a un billet de troisième classe. Gricelda Sarmiento — qui n'est pas uruguayenne, me dira-t-elle après quelques tangos avec Coco mais jeune étudiante en psychologie de Buenos Aires, militante de gauche qui a connu la torture et qui fuit son pays *in extremis* avec ses deux petits garçons, Marco et Marcello —, Gricelda donc a, elle, un billet de deuxième classe. Ils n'ont pas quitté le pays pour les mêmes raisons. Pour elle, c'était une question de vie ou de mort. Elle ne va rencontrer Coco que le dernier jour, le 21 mars 1977, quand le *Marconi* accoste enfin à Nice. Ils sont les seuls à rester sur le quai, les seuls à ne pas être attendus au port et à ne pas savoir où aller : la réfugiée politique avec ses deux enfants qui a sauvé sa vie, et le jeune Coco sans un sou qui veut changer de vie. Il était maigre comme un clou, dira-t-elle. Il a deux grands sacs de nourriture avec lui. Il s'éloigne, part avec un inconnu. Puis revient au bout d'un moment : l'inconnu s'est avéré être un type louche qui croyait pouvoir l'escroquer ou tirer quelque profit d'un jeune homme venant de l'autre bout de la terre et ne parlant pas un mot de français. Gricelda est toujours là. Ils vont se séparer, se dire au revoir pour de bon : Gricelda part à Montpellier, Coco va essayer de rejoindre la capitale. Au revoir alors, et bonne chance. Oui, bonne chance pour la nouvelle vie.

21

Je pense à la nouvelle vie quand ça arrive. Je suis sur mon vélo, en train de rentrer chez moi, à pédaler sur le boulevard Voltaire, à quatre heures du matin. Il fait enfin froid, très froid, et la toute nouvelle lune brille sur un ciel sans nuages. Non, ce n'est pas encore la lune, c'est un trait. Un trait doré, comme la porte. À cette heure-ci, il n'y a plus personne dans les rues ; une voiture par-ci par-là, une moto, deux, quelques passants solitaires et moi, qui continue à penser à une nouvelle vie au milieu d'une vie. Est-ce que c'est ça, la vie que tu veux vivre, Val, avait demandé Yann, la dernière fois qu'il était venu, sur mon lit. Je ne sais plus ce que j'avais répondu. Je me souviens d'avoir regardé autour de moi, ma chambre vide, le nouveau tapis, la lampe de Giovanna, comme si la nouvelle vie pouvait se voir. Je ne sais pas vraiment ce que c'est, la vie que je veux vivre. Déjà je voudrais que ce soit une vie sans fêtes de fin d'année, sans Noël, sans cadeaux, sans sapins morts, sans réveillons, sans foie gras, sans huîtres... C'est à peu près au milieu de ces pensées-là, je me souviens très bien — sans cadeaux, sans sapins morts, sans réveillons ni foie gras — que c'est arrivé. Il y a eu un drôle de bruit, comme un bourdonnement d'abeille amplifié jusqu'à l'insupportable, qui me poursuivait et voulait m'envahir à tout prix. Puis le choc, puis quelques secondes rien, un grand rien, puis de nouveau moi, un goût bizarre dans la bouche, c'est collant, épais, j'ai dû me mordre la langue...

— Ça va, mademoiselle ?

Un très jeune homme se penche sur moi. Il me tient la main. Un sapeur-pompier, c'est écrit sur son pull. Un jeune homme blond, très blond, cheveux coupés en brosse, un grain de beauté à côté du nez. Je suis couchée dans une voiture de pompiers, une épaisse couverture sur moi, une minerve autour du cou. J'ai mal à la tête, mal entre les cuisses, un goût de sang dans la bouche.

— Ça va, mademoiselle ?

— Et mon vélo ? Où est mon vélo ?

— On va s'en occuper, ne vous inquiétez pas. Dites-moi si ça va. C'est tout ce qui est important en ce moment.

— Mhm...

— On va vous emmener aux urgences. Mais il faut faire d'abord un constat.

— Aux urgences ? Un constat ?

— Ne bougez pas... Vous avez eu un accident, mademoiselle. Vous avez même perdu connaissance...

J'aime bien sa voix, une belle voix douce. J'aime aussi qu'il m'appelle « mademoiselle » et qu'il me tienne la main. Je ferme les yeux. Je m'efforce de ne sentir que sa main dans la mienne. Il me semble même que j'y arrive. Il a une main douce. Douce, très douce, ce qui ne veut pas dire molle. Ce n'est pas une main molle, mais une main douce et vigoureuse. S'il me la laisse encore un peu, s'il ne l'enlève pas, je pourrai presque m'endormir. Parce qu'il est tard. Il est très tard. Je dis : presque. Presque m'endormir. Parce que j'entends des voix. Il y a plein de voix autour de moi. Les gens parlent fort, pas comme mon pompier. Il y a une femme policier qui veut me lire le constat. Est-ce que j'ai vraiment besoin d'ouvrir les yeux ? Oui, parce qu'il faut que je signe. Il faut même que je me relève. Est-ce que vous pouvez vous relever ? demande mon pompier. Oui, je peux me relever. Enfin, je n'en sais rien, je vais essayer. Je veux bien faire tout ce qu'ils veulent. Je voudrais surtout que mon pompier reste à côté de moi et continue à me tenir la main. Alors je veux bien écouter la femme policier. J'ai donc circulé tranquillement sur le boulevard Voltaire, c'est ça ? Un jeune homme venait dans le même sens, derrière moi, sur sa moto. Il m'a bien vue, aucun problème. Ce qu'il n'a pas vu — il roulait vite, trop vite — c'était le dos-d'âne sur la chaussée. Le dos-d'âne qui a fait se renverser la moto, qui, elle, m'a renversée à son tour (pendant que moi je pensais à une nouvelle vie, une nouvelle vie au milieu de la vie). J'ai eu de la chance, dit la policière. Ça aurait pu se terminer autrement. Ma tête aurait pu heurter l'asphalte, ou la voiture garée sur le côté. Surtout que le choc était violent. Oui, on peut dire que j'ai eu de la chance... Est-ce que je confirme ces faits ? Est-ce que je peux signer la déposition ?

22

Je ne suis revenue chez moi que le lendemain, vers midi. J'ai donc passé huit heures aux urgences de l'hôpital Saint-Antoine, un endroit que je recommande à tous les écrivains en panne d'inspiration et de réel. C'est sinistre, oppressant, cadavérique même, mais c'est aussi une vraie mine de fiction et de personnages ; il suffit d'ouvrir les yeux et les oreilles pour trouver des histoires qui sont loin d'être banales. On peut choisir comme au supermarché. Il y a des simulateurs de toutes sortes, tel le petit Pakistanais dans le couloir qui joue à la perfection une crise d'épilepsie. Il y a des jeunes filles qui à cette période de l'année se lancent dans une tentative de suicide pour échapper aux fêtes en famille. Il y a un homme de quarante ans, les cheveux en bataille, mais plutôt distingué, habillé avec goût, qui ne veut plus retourner chez lui, expliquant à tout le monde que son appartement est devenu un désert et qu'il préfère déambuler dans le couloir de l'hôpital plutôt que dans le Sahara. Il y a des drogués, des clochards, des malades fauchés qui viennent aux urgences parce que c'est gratuit. Puis des gens seuls et angoissés comme le jeune homme blême, à côté de moi, qui dit ne pas pouvoir respirer parce qu'il a le cœur serré. Puis encore d'autres qui ingurgitent les substances nocives et qui vomissent dans les couloirs. Puis des accidentés de la route, ceux qu'on fait passer avant tout le monde, puis les autres comme moi, à qui l'on fait une radio ou deux et qu'on garde quelques heures en observation, pour voir si tout va bien. Je suis donc doublement en observation : on m'observe et j'observe.

« Qu'est-ce que vous faisiez dehors à quatre heures du matin dans cette tenue ? » me demande un aide-soignant qui passe régulièrement dans le couloir. Il est petit, trapu, bien bâti. Et curieux, c'est sûr. Et sans gêne. Il s'arrête un long moment à côté de mon lit, le regard appuyé sur mes bas résilles, troués et déchirés, ma jupe noire à volants, déchirée elle aussi, et le décolleté plutôt généreux de mon chemisier en soie. « Je jouais aux échecs. Ça se voit, non ? » Il se mord la lèvre, soudain à court de réplique. Quand, plus tard, il repasse, sa blouse ouverte sur une poitrine tatouée, il murmure : « Dites donc, c'est dangereux, votre jeu d'échecs. — Toujours, quand on veut gagner. Vous ne le saviez pas ? » dis-je du tac au tac. Le matin, au changement d'équipe, pendant que je reste en observation dans le long couloir verdâtre et plutôt sordide, et que je n'en peux plus, vraiment plus, il s'arrête de nouveau à côté de mon lit.

« Il faut que je vous dise quelque chose. — Oui ? — J'ai un faible pour ma joueuse d'échecs. Elle n'est pas très sympathique. — Tant mieux. Je n'aime pas ça, les gens sympathiques... — Moi non plus... Je préfère ceux qui sont directs, généreux et pas sympathiques, voilà, nous sommes d'accord. Et si je reviens à la joueuse d'échecs, c'était la seule qui avait un peu d'humour cette nuit. — Vous êtes sérieux ? — Et comment... Ce n'est pas toujours drôle ici, vous savez. En tout cas, faites attention à vous. C'est surtout ça que je voulais vous dire. »

À midi, le médecin en chef veut savoir si quelqu'un peut venir me chercher : avec mon traumatisme crânien, mes douleurs dans le cou et mes hématomes partout, il vaudrait mieux. Je réfléchis pendant trente secondes : je ne veux pas que Félix me voie dans cet état, je ne vais pas inutilement déranger son père qui est capable d'en faire tout un plat, ni alarmer Giovanna ou Gaby, très solidaires de nature, mais à cette heure de la journée certainement en train de traduire qui sait quel déjeuner officiel. Je ne vais quand même pas appeler Natacha qui n'aime pas particulièrement ce genre de réel, ni l'homme aux quatre initiales, même s'il me dit souvent que si j'ai besoin de quelque chose, il ne faut pas hésiter... Non, ça va, je vais me débrouiller toute seule. « Vous n'avez vraiment personne qui puisse vous accompagner chez vous ? insiste la jeune doctoresse qui a remplacé celle qui était de garde la nuit. — Non... — Non ? — Non. »

Je ne vais pas m'étaler outre mesure sur cet accident nocturne. De nouveau dans ma Folie, sur le canapé en face du petit parc, Robert à côté de moi, j'ai eu tout mon temps pour réfléchir. Pour faire le plus court possible, je peux dire comme la femme policier : j'ai eu beaucoup de chance. Grâce à mon accident, j'ai pu éviter l'invitation empoisonnée d'Yann de passer Noël en famille, dans le pavillon à Saint-Germain-en-Laye. Ils ont décoré le sapin et ils m'attendent. Ils m'attendent avec joie, a-t-il dit. Ils voudraient tous les deux qu'on passe enfin une soirée en famille. « Nous avons quand même un enfant ensemble, Val. Ne l'oublie pas... », a-t-il ajouté avec son accent culpabilisant que je connais par cœur.

Vu la nouvelle situation, c'est Félix qui est venu pour quelques jours chez moi. Il s'est installé dans sa chambre, il faisait des courses au marché d'Aligre et nous préparait des petits repas improvisés sur le canapé. Pour Noël, nous avons loué quelques films que nous avons regardés sur mon ordinateur. Nous avons commandé une grande pizza pour trois que nous avons partagée en deux. Nous avons joué aux cartes, écouté de la musique, et bavardé tard, le soir. Robert ne savait plus quels genoux choisir. « Non, non, je ne peux pas en ce moment. Impossible. Je suis avec ma mère. Elle a eu un accident de vélo, elle est un peu cabossée, pas vraiment sortable. Alors c'est Zorro qui fait les courses, il répond au téléphone, passe l'aspirateur et amuse son chat qui se prend pour un philosophe... », expliquait Félix à ses copains qui l'appelaient à longueur de journée sur son portable.

« C'était pas mal, maman. On s'est bien amusé ensemble... », a-t-il déclaré au bout de trois jours, quand Yann est venu le chercher en voiture pour l'emmener chez ses parents, en Bretagne. Il s'est penché vers moi pour m'embrasser sur la joue. C'est à ce moment-là que je me suis rendu compte combien il avait grandi. Il a presque une tête de plus que moi. Il est plutôt beau garçon malgré ses boutons, ses cheveux gras et son accoutrement impossible. « Tu me fais signe quand tu as besoin de moi la prochaine fois », a-t-il dit en partant.

Pendant les jours qui ont suivi, j'ai relu pour la première fois mon cahier couleur sable. Il commence à être bien rempli : à moitié, même un peu plus. Au bout de quelques mois, il n'est plus tellement propre, même si je fais attention à lui, très attention. Je pense même que c'est la chose à laquelle je fais le plus attention en ce moment. J'ai tout le temps peur de l'oublier ou de l'égarer quelque part; si je le perds, je perds une partie de la vie de Coco Dias et aussi un peu de la mienne. Tout est dedans : Flora, Chiquito, Ocho Cuarenta, toute la suite de ses femmes... La traversée sur le *Marconi.* Nos tangos aussi, et tout ce qui va avec, mes silences, mes perplexités, mes maladresses, mon manque de séduction comme il dit. Il a raison : je n'ai pas encore tout compris à cette danse. Mais il y a quelque chose qui manque sur le tableau. Il y a quelque chose qui ne va pas. Je ne sais pas encore quoi. En tout cas, mon portrait de Coco Dias est bien flou, loin d'être fini.

J'ai compris autre chose. Immobilisée dans ma Folie, ne pouvant pas sortir et encore moins aller danser, je me rends compte à quel point le tango fait partie de ma vie. J'en ai besoin comme de manger ou de boire. Je me demande comment j'ai pu passer toutes ces années sans danser. Je me demande même comment font les gens qui ne connaissent pas ça. Comment peut-on vivre sans avoir envie d'enlacer et d'être enlacé? Comment peut-on faire sans ce dialogue muet entre un homme et une femme où personne n'a le dessus, où pendant trois minutes tout est possible ? Comment peut-on ne pas avoir soif de cette sorte d'intimité qui nous dévoile et nous apprend bien plus de choses sur nous qu'on n'est prêt à le reconnaître ? Ou comme a dit Coco Dias lors de nos après-midi à la Porte Dorée : En dansant, on peut toucher au mystère de l'autre. Ou : On danse pour sentir son corps. Ou même : Quand ça se passe bien avec le corps de l'autre, on n'a pas besoin de parler.

Je me rappelle une autre phrase qui m'a fait venir les larmes aux yeux. Il m'a dit : « Prends toute la douceur que tu as en toi et mets-la dans le tango que tu vas danser avec moi. » Je ne peux pas l'oublier. Je me la répète de temps en temps comme un leitmotiv, une promesse ou un mantra : « Je vais prendre toute la douceur que j'ai en moi pour la mettre dans le tango que je vais danser avec toi. »

23

— Je n'imaginais pas que vous viviez dans un endroit comme ça, Valérie...

— Un endroit comment ?

— Je ne sais pas comment dire. Un endroit...

— Minimaliste ?

— Oui, c'est ça. C'est minimaliste.

Il s'efforce de sourire. Il faut reconnaître que c'est un mot bien commode, ce « minimaliste ».

— Venez... Je suis contente que vous soyez là. Vraiment contente. Asseyez-vous, je vous en prie.

Il regarde autour de lui comme s'il était soudain devant un vrai problème.

— Sur le canapé, il n'y a pas d'autre choix.

Il a toujours son petit sourire crispé sur la bouche. Il y a quelque chose qui ne va pas ; je l'ai senti tout de suite quand j'ai ouvert la porte. Il avait l'air tendu, comme s'il regrettait d'être venu. Pourtant c'est lui qui a proposé de passer chez moi quand je lui ai raconté mes mésaventures cyclistes. « Pourquoi vous ne me l'avez pas dit avant ? Vous savez très bien que vous pouvez compter sur moi. J'aurais pu venir vous chercher à l'hôpital. Est-ce que je peux venir vous voir ? Maintenant. Tout de suite. Je vais prendre ma voiture. Donnez-moi juste le temps de régler deux, trois choses avant. Une demi-heure, pas plus, Valérie... », a-t-il dit avant de raccrocher en hâte. Une demi-heure ? Si c'était Coco Dias, une demi-heure voudrait dire au moins le double, sinon plus. Mais mon bonhomme aux quatre initiales n'était pas Coco Dias, ce qui voulait dire que j'avais exactement une demi-heure, ni plus ni moins, pour me laver les cheveux, me changer, me maquiller puis passer l'aspirateur et essayer de donner un air moins désolé et moins pauvre à ma Folie. Alors j'ai fait vite : j'ai enlevé tout ce qui traînait, bouquins, journaux, courrier, vêtements, chaussures de tango, vieilles fleurs, BD de Félix, chaussettes de Félix, écharpe de Félix... J'ai pris une douche, je me suis lavé les cheveux, je les ai séchés, j'ai mis ma robe verte à pois, ni vraiment sage ni franchement sexy, quelque chose de plutôt neutre qui devrait plaire. Et qui — pour tout dire — s'enlève facilement. Une grande fermeture Éclair qui glisse de la nuque jusqu'aux fesses et ouvre beaucoup de possibilités. Parce qu'il était grand temps qu'il se passe quelque chose entre nous. Cela fera bientôt quatre mois — je l'ai rencontré à peu près au même moment que Coco Dias — que nous nous voyons dans des arrière-salles de cafés chics, que nous marchons ensemble sur le boulevard Henri-IV, que nous débattons de choses très sérieuses comme l'art contemporain, ou faisons des exégèses savantes d'auteurs difficiles comme Beckett, son écrivain fatal. Ce n'est pas que je sois particulièrement légère ou facile, je ne le crois pas, c'est plutôt le contraire, mais je voudrais qu'on tourne la page, non, je voudrais qu'on fasse comme Paolo et Francesca chez Dante : qu'on arrête de lire et qu'on passe à autre chose. Alors je me suis maquillée avec soin, j'ai coiffé le mieux que je pouvais ma filasse bouclée, je me suis parfumée comme si j'allais danser. Et — attention — j'ai mis mes boucles d'oreilles noires. Une fois prête, j'ai jeté un dernier coup d'œil autour de moi : c'était rangé, propre, aéré, en fin de compte pas si mal que ça. Un grand tableau abstrait, genre Claude Abaco première période, posé par terre contre le grand mur, et ma Folie passerait pour furieusement tendance, contemporaine et minimaliste, pensais-je au moment où on a sonné à la porte.

— J'ai eu du mal à vous trouver..., dit-il en avançant vers mon canapé.

— C'est parce que vous ne venez pas souvent dans ces quartiers décentrés...

— Peut-être..., dit-il, souriant poliment, le regard soudain affolé.

Quartiers décentrés. Pourquoi ai-je dit : « quartiers décentrés » ? L'aide-soignant à l'hôpital Saint-Antoine a raison : je ne suis pas sympathique, je ne fais pas assez d'efforts. Je devrais le mettre à l'aise au lieu de lui rappeler que tout nous sépare. Mais c'est vrai. C'est exactement ça : c'est décentré pour lui. Moi aussi je suis décentrée pour lui (tandis que la Porte Dorée est carrément en banlieue).

— Qu'est-ce que vous voulez boire ?

— Je ne sais pas...

Il expire longuement, croise les bras, puis repose la tête sur le canapé. Il a un beau profil. Il est calme, élégant, attentif. C'est un homme bien, c'est sûr. Il est venu chez moi. Il a monté les six étages. Il est assis à côté de moi. On doit s'habituer à cette nouvelle proximité, c'est tout. C'est normal, il n'est pas Tito Morales qui poserait sa main sur mon ventre à peine la porte fermée, ou mon éphémère amant libanais qui enlèverait mes boucles comme s'il me déshabillait. Mais chacun son *timing* et son rythme. Alors ça va aller. Ça va aller très bien. Je vais faire tout ce qu'il faut pour que ça se passe bien. J'aime bien ma robe verte, j'aime bien ma Folie, et je vais nous servir un verre. Un verre de vin blanc par exemple. Du blanc bien frais que j'ai au frigo et qui va détendre l'atmosphère. Une très bonne bouteille. Une excellente bouteille. Plus quelque chose à grignoter, ça va être parfait.

— Il est sept heures, on peut passer à l'alcool. Qu'est-ce que vous en pensez ?

Il se tourne vers moi comme si je venais de lui faire une proposition indécente.

— L'alcool ? Non, non... Je ne bois pas en ce moment.

— Vous ne buvez pas ? Même pas un verre de vin blanc, avec des pistaches vertes ?

— Pistaches vertes ?

Je pense que je ne suis pas assez précise.

— Pistaches crues, ni grillées ni salées. Rien, au naturel, telles quelles... Comme les amandes par exemple.

Cette fois c'est le contraire : j'ai été trop précise. C'est sûr, il y a quelque chose qui ne va pas. Il y a quelque chose qui ne va pas entre nous.

— Parce que vous ne mangez pas non plus en ce moment ?

Je m'enfonce, c'est sûr. Je m'enfonce jusqu'aux genoux. Je ne sais pas comment je vais pouvoir repartir du bon pied.

— Écoutez, ça peut être aussi de l'eau sans rien du tout. De l'eau de Paris, onzième arrondissement...

Il me regarde comme si je me moquais de lui. Je vois bien, il croit que je me moque de lui.

— Oh, excusez-moi, je raconte n'importe quoi. Je parle trop... Je ne sais pas ce que j'ai aujourd'hui. Je suis... Je suis décentrée, moi aussi...

— Décentrée ?

On ne se comprend pas, c'est ça.

— Dites-moi ce que vous voulez, ce sera plus simple.

— Ça va, Valérie..., dit-il sans trop de conviction.

Il ne sait plus où regarder ni quoi faire de ses mains. Moi je commence à tripoter mes boucles d'oreilles, c'est classique. Je sens bien que je n'arrive plus à cacher ma déception. Décidément, je ne sais pas comment m'y prendre. Ni avec lui ni avec les autres. Yann a peut-être raison quand il dit que je ne sais pas ce que je veux. Je suis une pauvre fille, voilà... Je suis une pauvre fille qui ne comprend rien aux hommes. Pourtant je voulais faire tout le contraire, je me souviens de notre premier rendez-vous après ma tirade sur Hemingway. Je pense que je devrais changer quelque chose dans ma vie. Je pense que je devrais changer de pays.

— Ça va..., dit-il encore une fois, comme un écho qui est en train de mourir au loin.

— Non, ça ne va pas.

Ce n'est plus la panique que je vois dans son regard. C'est le froid. J'ai froid à côté de lui. Lui aussi doit avoir froid à côté de moi.

— Vous savez ce qu'on va faire ? Ce sera le plus simple pour tous les deux. Je vais vous accompagner à la porte. On va se dire au revoir. Parce que je n'ai pas le temps. Parce que je vais partir pour Buenos Aires.

— Buenos Aires ? Vous le savez depuis combien de temps ?

— Je viens de le décider.

24

Je feuillette l'album que le héros de mon roman m'a confié pour quelques jours : des coupures de journaux plus ou moins jaunies, des programmes de spectacles, quelques photos. C'est sa vie après le Marconi, commencée dans une chambre d'hôtel du PLM Saint-Jacques, dans le quatorzième arrondissement de Paris, prêtée par El Indio, son ami de régiment, travaillant dans ce même hôtel comme réceptionniste. Vie de petits boulots, trouvés par le même El Indio dans des cuisines des restaurants parisiens, vie de chambres de bonne et de débrouille qui d'habitude ne figure pas dans la biographie officielle. Pourtant Coco, le petit animal toujours aux aguets, se sent bien à Paris. Il n'est pas dans une ville où des chauffeurs de taxi portent les gants blancs, mais c'est encore mieux : il est dans la ville qui a su reconnaître Gardel et a donné ses lettres de noblesse au tango. La France va devenir tout naturellement sa deuxième patrie. Plus tard, il chantera à sa fille la chanson de Manuelita qui vit dans un village argentin et un jour part à Paris à pied (*Manuelita vivia en*

Peguajo, pero un dia se marcho, nadie supo bien porque a Paris ella se fue, un poquito caminando y otro poquitito a pie). Et puis c'est à Paris qu'il fait enfin ce qu'il ne pouvait pas faire jusque-là : il se paye pour la première fois de sa vie des cours de danse classique et de jazz. Il va à l'Alliance française pour apprendre le français et commence à fréquenter le Comité sud-américain. Et il y a aussi José Milone. Qui est José Milone ? C'est un vieil Uruguayen qui habite une chambre de bonne pas loin du métro Convention, en face de l'hôpital Boucicaut, et qui aime deux choses : Carlos Gardel et le vin rouge. Il y a toujours un tas de jeunes Latinos autour de lui. Ils viennent manger — Milone est un bon cuisinier — et jouer aux cartes. Ils jouent à « *el truco* ». « Écris *el truco,* c'est un jeu merveilleux que je suis incapable de t'expliquer... », dit Coco. Quarante cartes et l'existence est transformée, écrit Borges à propos du même jeu. Mais ils viennent aussi pour écouter Gardel. « C'était incroyable. Le disque était tellement usé qu'on écoutait les deux côtés en même temps. Tu t'imagines une bande de Latinos qui écoutent dans une chambre de bonne dans le quinzième *El día que me querias* et *Volver* simultanément ! » s'exclame-t-il.

Le soir, avec El Indio, qui est aussi son traducteur, ils vont danser. Coco se met rapidement au parfum, il sait où il faut aller : il y a La Coupole, Le Balajo, puis un vieux dancing qu'il aime bien, La Scala, pas loin de l'Opéra, tenu par un homosexuel extravagant. C'est à La Scala qu'il va faire une rencontre importante. Un soir, avec El Indio donc, il assiste à un petit numéro de folklore argentin, donné par un couple de danseurs argentins. Fasciné par ce couple qui danse à Paris le folklore de son pays, il va les voir en coulisses. Ils lui proposent de venir s'entraîner avec eux à l'église Saint-Eustache. Coco va découvrir une troupe internationale de danses folkloriques sud-américaines qui s'appelle *Los Indianos*. Ils vont faire un échange : Coco va leur apprendre le tango, et eux les danses folkloriques. Ils vont faire mieux : lui proposer de créer un numéro de tango dans leur spectacle et de se produire avec eux. Voilà, Coco Dias est enfin là où il voulait être : sur scène. Il va faire ce qu'il voulait depuis toujours : danser le tango.

— Qu'est-ce que tu fais, Balérie ? me téléphone-t-il alors que je suis toujours sur le canapé, avec Robert et son album de photos sur les genoux.

— Je ne sais pas si tu vas me croire, mais je regarde les photos de toi en jeune homme. Quand tu as dansé dans ton groupe folklorique...

— J'ai dansé dans plusieurs groupes. Ils avaient de drôles de noms : *Los Indianos*. Ou bien *Diablos de la danza*. Ou *Karumanta*. Ou *Malambo Latino*... On a beaucoup tourné ensemble.

— Il y en a une que j'aime plus que les autres. Une photo, je veux dire. Celle où tu es avec une blonde...

Une blonde assise sur son genou, pendant que Coco Dias, en posture de tango, lui aussi, pantalon rayé, veste de frac et chemise blanche, regarde loin devant lui. Il est beau en jeune danseur aux cheveux noirs qui ondulent. Mais ce qui frappe ce n'est pas la beauté du jeune homme, c'est son regard brillant et précis qui porte loin et défie la terre entière.

— Je suis avec Brigitte, une Allemande...

— J'ai vu aussi Carolina Iotti.

Je ne sais pas pourquoi je fais une fixation sur Carolina alias Pampita. C'est peut-être ce surnom (les Argentins adorent les surnoms) ou sa beauté étrange : « Un croisement de Dolores del Río et de Mona Lisa », dit une coupure de presse canadienne, en précisant que, même si elle dansait avec Fred Astaire, on n'aurait d'yeux que pour elle. « Elle danse avec un danseur plus connu et tout aussi attirant : petit, adroit, plein d'esprit, merveilleusement contrôlé et agile, Coco Dias. »

Mais Carolina Iotti arrive plus tard dans la vie de Coco, bien après Les trottoirs de Buenos Aires, lieu mythique de la culture argentine à Paris, créé par Julio Cortázar, inauguré en novembre 1981 par le Sexteto Mayor, où Coco va danser régulièrement et donner ses premiers cours de tango. C'est aussi après la venue à Paris d'Osvaldo Pugliese et son grand orchestre. Parce que, attention, le héros de mon roman, celui avec qui je danse à la Porte Dorée, a dansé pour Osvaldo Pugliese, un des plus grands compositeurs de tango, à qui je fais une révérence chaque fois que je danse un tango de lui. Et je ne suis pas la seule : je me souviens de scènes dans les toilettes pour dames, à Buenos Aires, où, dès qu'on entendait les premiers accords d'un tango de Pugliese, on lâchait tout, rouge à lèvres, peigne, cigarette, pour se précipiter dans la salle. Ou bien de Tito Morales, me disant très sérieusement : « Attention, *linda*, si on danse ce Pugliese ensemble, tu vas tomber amoureuse de moi... » Il y a donc une coupure de presse argentine du 26 novembre 1984 sur mon canapé, qui titre : *El tango fiesta en Paris,* et cite les célèbres tangos joués par leur auteur et son orchestre : *Corrientes y Esmeralda, La Yumba, La Mariposa, Recuerdo,* puis ce célèbre *Volver,* le tango des tangos que José Milone écoutait en boucle dans sa chambre de bonne. Il y a aussi le programme, imprimé en noir et blanc et fuchsia : *Fresque musicale, avec Osvaldo Pugliese et son grand orchestre.* Sur le dos, des photos des couples de danseurs en noir et blanc, parmi lesquels le héros de mon roman.

— Je voudrais voir d'autres photos de toi, Coco...

Il y a soudain un silence de l'autre côté.

— Je pensais que tu le ne voulais pas.

— J'ai changé d'avis.

J'essaye de sourire, je veux dire : j'essaye de sourire pour qu'il m'entende.

— C'est tout ce que je peux faire en ce moment. Regarder tes photos...

— Pourquoi ?

— J'ai eu un accident de vélo. J'ai du mal à marcher. Alors danser encore moins, tu vois...

— Un accident ? Pourquoi tu ne me l'as pas dit avant ? Je serais venu te voir, Balérie...

J'ai bien fait de ne pas en parler ; je ne veux plus de visites dans ma Folie, plus de remarques sur ma façon de vivre, le salon sans meubles et les murs où il n'y a rien... Et puis on n'a pas vraiment l'habitude de s'intéresser à moi tous les deux, alors c'est mieux comme ça.

— Il y a encore quelque chose que je ne t'ai pas dit, Coco. Quelque chose d'important.

— Oui, Balérie...

Je me suis habituée à cette « Balérie » ; si soudain il m'appelait Valérie, ça sonnerait faux.

— J'espère que tu ne vas pas le prendre mal. Il ne s'agit pas de toi... Enfin, si, quand même...

Je ne sais pas comment le lui dire ; je ne lui ai jamais rien raconté de ma personne, alors ce n'est pas maintenant que je vais commencer. Mais il faudra bien que je lui en parle à un moment ou à un autre, et ce n'est pas la peine de tergiverser et de tourner autour, même s'il va le prendre mal, c'est sûr, je commence à le connaître. Il va se hérisser et sortir ses griffes, il va dire que je ne suis pas sérieuse et qu'il ne peut pas compter sur moi, tandis que lui fait toujours tout ce qu'il faut.

— On va s'arrêter un peu, Coco. Je parle de la Porte Dorée.

— Qu'est-ce que tu veux dire ?

— Je ne peux pas venir pendant quelque temps.

Il marque un silence qui dure beaucoup trop longtemps.

— Pourquoi ?

— Parce que je vais à Buenos Aires...

Il éclate de rire.

— Moi aussi, Balérie.

— Quoi ?

— Nous y allons pour le baptême de Gaëtan. Moi, Francesita et Gaëtan.

— Pourquoi tu ne me l'as pas dit avant ?

— Je suis comme toi.

— Comment comme moi ?

— Je le fais au dernier moment. Mais on va se voir là-bas... On va aller danser... Je t'emmènerai dans mon *barrio*...

25

On va se voir là-bas, on va aller danser, il m'emmènera dans le quartier de son enfance... Je ne le voyais pas tout à fait comme ça. Je voulais prendre un peu de recul, ne plus penser, m'oublier pendant quelque temps, moi, Valérie Nolo, mais aussi lui, Coco Dias, et même mon roman ; je comptais partir sans mon cahier couleur sable. J'avais besoin de le voir de loin, de l'autre côté de la terre, de vivre pendant quelque temps — trois semaines, un mois, est-ce que c'est beaucoup ? — sans lui, sans cahier, sans la Porte Dorée. Je me disais qu'il y avait donc la première partie, notre rencontre, la commande, le contrat, le marché, je ne sais pas comment il faut l'appeler. Puis il y aura la deuxième partie, celle d'après mon retour. Et entre les deux, une page blanche, pour reprendre souffle, pour bien marquer la séparation. Je viens donc d'apprendre qu'il n'en est rien. Pas de page blanche, pas de séparation, pas de recul, pas de vie sans Coco Dias. On ne quitte pas si facilement la Porte Dorée, notre pièce carrée et la double rangée de palmiers ; on la transporte en nous ; ou encore mieux : on la trouve ailleurs; d'ailleurs, j'ai toujours l'impression d'être ailleurs quand je suis là-bas.

Mais j'ai au moins deux problèmes à résoudre avant d'aller chercher la Porte Dorée ailleurs qu'à la Porte Dorée : l'argent et Robert, le vieux chat. Alors ce n'est pas la peine d'annoncer mon départ à tout-va ou de rêver en plein jour. Parce que je ne suis pas Agathe : je n'ai pas de tableaux de mon ex-mari qui valent une petite fortune. Je n'ai rien à vendre. Je n'ai pas de traductions importantes en vue, conférence alpine ou conférence sur le réchauffement de la planète. Je ne peux pas solliciter une avance auprès de mon éditeur, il ne sait même pas que j'ai changé de roman entre-temps. Je ne vais pas le demander à Yann; il n'attend que ça, m'aider, être là quand j'ai besoin de lui. Je ne vais pas non plus téléphoner à l'homme aux quatre initiales, qui m'avait envoyé un bouquet depuis la soirée catastrophique chez moi, un bouquet nu, sans commentaire, ce qui, selon moi, doit vouloir dire : je suis toujours là, je peux même vous prêter de l'argent, si vous voulez... Il ne me reste plus que la loterie nationale ou bien un coup de fil à Giovanna et à Gaby; on ne sait jamais, elles ont peut-être trop de travail et peuvent m'en passer un peu comme elles le font souvent sans que je les appelle. Ou une divine surprise, à laquelle je ne crois pas, je n'ai jamais eu de chance de ce côté-là.

J'ai eu tort. Parce que quand je commence à désespérer, à me dire que je ne suis peut-être pas obligée d'y aller, je peux faire autre chose, aller danser avec Malik à Marseille ou faire un tour en Camargue ou tout simplement un grand tour à vélo dans Paris, la divine surprise tombe

— Non, je ne t'appelle pas pour ça. Je t'appelle pour Robert.

— Robert ?

Elle n'a pas l'air de savoir de qui je parle. Il me semble qu'il y a quelqu'un à côté d'elle. Il me semble entendre une voix qui chuchote à proximité.

— Ton chat..., mon chat, je ne sais plus.

— Il est mort ?

— Non, non, il va très bien. Il se porte comme un charme.

— Alors qu'est-ce qui se passe, Valérie ?

Elle n'a pas le temps de me parler, c'est pour ça qu'il y a quelque chose comme de l'agacement dans sa voix. Elle est peut-être au lit, avec un homme qui lui caresse les seins pendant qu'elle est obligée de m'écouter et de répondre. Mais elle aurait pu le dire tout de suite, au lieu de me laisser faire la tirade sans queue ni tête sur ma pièce.

— Il faudra que tu le reprennes pour quelque temps. Trois semaines, pas plus... Le temps que je revienne de Buenos Aires...

— Buenos Aires ?

— Je pars pour Buenos Aires.

— Non, je ne peux pas, Valérie. Impossible...

— Comment, impossible ?

— Impossible...

— Je ne sais pas quoi faire de lui, Natacha. Je ne vais pas le laisser tout seul. Je ne connais personne qui puisse venir le nourrir et lui tenir compagnie. Dix minutes par jour, ça suffit. Tu le connais. C'est un chat très affectueux, tu sais bien. C'était ton chat...

Elle se tait pendant quelques instants. Je n'entends plus personne de l'autre côté. Je me suis trompée, il n'y a personne chez elle. L'agacement dans la voix, sa sécheresse, c'est naturel chez elle. C'est elle.

— Tu peux le faire piquer.

— Quoi ?

— Il est vieux, tu comprends... Il doit avoir au moins... au moins... Je ne sais pas, moi... Je ne sais pas quel âge il a exactement. En tout cas, il est vieux, tu vois bien, il n'en a plus pour longtemps. Tu m'entends... Pourquoi tu ne réponds pas ? Valérie... Valérie ? Valérie !

26

Nous sommes partis trois semaines plus tard, un soir du mois de mars, par le vol d'Air France. Nous avons atterri à l'aéroport de Buenos Aires, le lendemain matin, au milieu d'un automne splendide, ma saison préférée. Rok, chauffeur de taxi, un grand gaillard blond d'origine slave (non, slovène, pour être plus précise) que j'ai rencontré, il y a deux ans, lors de mon premier séjour dans cette ville, nous attend à l'aéroport. Il n'en croit pas ses yeux quand il me voit arriver avec une grande boîte en plastique et un animal qui bouge dedans. Je le préviens tout de suite : je ne veux pas parler du chat, je ne veux même pas prononcer son nom, ça suffit comme ça, on a assez parlé de lui jusque-là, j'ai eu également assez de problèmes avec lui, vaccinations, puce électronique, miaulements pendant tout le voyage... Parce que je n'ai pas eu d'autre solution que de le prendre avec moi, alors que ce n'était même pas mon chat, enfin, maintenant si, maintenant il est à moi, c'est officiel, il porte même mon nom, alors parlons d'autre chose.

Nous mettons mes affaires, Robert compris, dans son taxi noir et jaune et prenons l'*autopista* pour Buenos Aires. Il est tôt et le ciel, brumeux, ne semble pas encore bien réveillé. Rok a loué un petit appartement pour moi, dans un quartier que je ne connais pas, mais qui me plaira, il en est sûr. Il s'appelle Barrio Norte, c'est derrière le cimetière de Recoleta, et pas loin de l'hôpital allemand et des librairies de l'avenue Santa Fe, et des milongas où je veux aller, il se souvient très bien de mes habitudes.

Il est content de me voir. Je n'ai pas vraiment changé depuis la dernière fois. Peut-être les cheveux, mais c'est tout. Oh, si, j'ai changé... Il faut qu'il regarde un peu mieux. On change tous en deux ans, surtout après la quarantaine. Il me regarde encore une fois. D'accord, si j'insiste, j'ai un peu changé. Moi aussi je suis contente d'être là, même si je ne fais pas assaut d'amabilités, il me connaît. Jusqu'au dernier moment, je n'étais pas vraiment certaine de pouvoir partir. Alors il faut que je me pince pour le croire ; en une longue nuit, j'ai changé de continent, de saison, de lune... Je suis assise à côté de mon chauffeur de taxi, je peux le dire comme ça, n'est-ce pas, nous roulons sur l'*autopista* jusqu'à la *Capital federal*, comme on appelle la ville de Buenos Aires, qui est aussi un peu ma ville. Enfin, n'exagérons rien, disons que c'est comme avec le tango : une histoire d'affinité. Comme avec lui, Rok, chauffeur de taxi donc, mais aussi chanteur de chorale, historien, guide touristique, et surtout psychologue et psychanalyste, comme la plupart des chauffeurs de taxi à Buenos Aires. C'est pareil : une autre histoire d'affinité. « Tu n'es pas triste ? On dirait que tu es triste, m'avait-il lancé, un regard dans son rétroviseur, quand j'étais montée pour la première fois dans son taxi pour aller à l'avenida Belgrano, en face de l'église Santa Rita del Perú. — Si, un peu..., avais-je répondu, sur le siège arrière ; c'est toujours facile de parler de soi avec les inconnus. — Pourquoi ? — Parce que je suis amoureuse de mon maestro de tango, tandis que lui ne pense qu'à l'argent qu'il peut tirer de moi... — C'est normal... — Qu'est-ce qui est normal ? — Que tu sois amoureuse d'un danseur de tango et qu'il veuille en profiter. C'est aussi une affaire commerciale, le tango, tu le sais bien. Tu ne veux pas être naïve comme toutes les touristes, j'espère ? — Naïve ? — Tu es anglaise ? — Anglaise ? Moi ? — Ou Suédoise ? — Parce que j'ai l'air d'une Suédoise ? — Non... Tu as raison. Tu parles bien espagnol, en tout cas. Tu es... — ... je suis française. Moitié française, moitié je ne sais pas... — Comment : tu ne sais pas ? » Il s'était tourné vers moi. Il ne comprenait pas. Alors j'avais commencé à lui expliquer. D'ailleurs, ça doit être ça, la psychanalyse : on est dans le dos de quelqu'un qu'on ne connaît pas, il pose la bonne question, la question qui fait tilt, et voilà que ça démarre au quart de tour, on se met à raconter papa-maman... Puis on se lève, on paye, on ferme la porte derrière soi jusqu'à la prochaine fois. En tout cas, moi, ça faisait longtemps que je n'avais pas parlé de ma mère de cette façon. Son adoption n'était pas vraiment un secret de famille, mais un sujet qu'on évitait avec soin, comme si on devait l'épargner, ne pas ouvrir inutilement des vannes à quelque chose qui pouvait tout détruire sur son passage. Alors je devais me débrouiller seule. Je me suis mise à fouiller dans ses papiers. Je l'épiais. Je l'observais avec méthode et entêtement comme si je devais découvrir une partie de moi que je ne connaissais pas. Ma mère, chimiste dans un laboratoire médical, avait un teint nordique, un regard latin, une mélancolie slave et un raisonnement bien carré à la française. Elle aimait l'opéra italien, les auteurs russes et la côte normande ; mon père et elle pouvaient marcher des journées entières sur la plage de Trouville. Au bout de quelque temps, j'ai été bien obligée de me rendre à l'évidence que j'avais trop d'indices et aucune certitude et que c'était peut-être aussi bien comme ça. À bien réfléchir, je n'avais rien contre cette partie incertaine et étrangère de moi, au contraire : avec les années, je commençais à la revendiquer, à me sentir étrangère dans mon propre pays. C'est certainement la raison pour laquelle je voulais apprendre les langues : chaque nouvelle langue pouvait se révéler une langue maternelle. J'étais peut-être moitié argentine... Voilà pourquoi j'aimais le tango et Buenos Aires. Ou bien moitié... qu'est-ce qu'il était lui ? « Slovène... — Slovène ? » Ou bien moitié slovène. Ou bien autre chose... Est-ce vraiment important, cette histoire des origines ? Nous étions arrivés depuis un moment devant l'église Santa Rita del Perú. Il m'avait regardée longuement, il m'avait donné sa carte et m'avait proposé de me montrer Buenos Aires comme je ne l'avais pas encore vu. « Appelle-moi quand tu veux... Je suis là pour toi », a-t-il dit, en bon chauffeur-psychanalyste.

Est-ce que je veux qu'il fasse un détour par l'avenida 9 de Julio, pour voir l'obélisque et les *jacarandas* en fleur ? Parce que s'il se souvient bien, j'aime bien les *jacarandas.*

Non, j'aime tous les arbres à Buenos Aires, sans exception. On peut passer par l'avenida de Mayo et prendre quelque chose au café *Tortoni.* Ou descendre jusqu'à Libertador pour voir la Recoleta, et prolonger jusqu'à Palermo et plaza Julio Cortázar. Ou aller faire un saut à San Telmo et la plaza Dorrego. Ou passer même par Santa Rita del Perú, en l'honneur de notre première course ensemble. Alors qu'est-ce que je choisis ? Et si on passait simplement par l'avenida Entre Ríos, pour continuer ensuite tout droit par Callao ? Je suis fatiguée, je n'ai presque pas dormi dans l'avion, sans parler de mon compagnon de voyage qui n'en peut plus d'être dans sa boîte.

Très bien, on va faire comme je dis. On va prendre par avenida Entre Rios, on va continuer par Callao, puis on va tourner à droite, pour Arenales, comme dans la *Ballade pour un fou,* le tango de Horacio Ferrer et Astor Piazolla. Puis on va prendre Larrea que je ne connais pas. Et Juncal que je ne connais pas non plus, jusqu'à Azcuénaga. C'est là qu'il va me laisser : à l'*esquina* d'Azcuénaga et de Juncal. Ce sera ma nouvelle adresse. Voilà... Nous y sommes. Une rue droite bordée d'acacias (toutes les rues à Buenos Aires sont droites et bordées d'arbres). Un marchand de légumes au coin. Un café. Un kiosque à journaux. Des maisons distinguées de six étages, très Art déco, des immeubles modernes comme on en voit partout, un supermarché, puis soudain un vieil hôtel particulier, tombant en ruine... C'est le manque d'urbanisme qui donne un charme si particulier et paradoxal à cette ville. Le partage insupportable entre les quartiers riches et les quartiers pauvres. La séparation cynique entre l'opulence et la misère. Le temps qui se dépêche et le temps qui se traîne.

Il se gare. Il arrête le compteur. Il se tourne vers moi. Il ne m'a même pas demandé comment ça allait. Est-ce que je vais bien ? Est-ce que j'écris toujours ? Qu'est-ce que je vais faire à Buenos Aires ?

Je le regarde. Je réfléchis avant de répondre, je prends mon temps : j'ai appris à lui dire ce que j'avais sur le cœur, et puis de toute façon, l'inconscient est structuré comme un langage, n'est-ce pas ? Alors justement, je ne sais pas quoi répondre. Il faut dire que je ne me demande pas trop comment je vais. Je prends les choses comme elles viennent. Je prends tout, le bon, le moins bon, le mauvais... Je suis dans un roman. Je l'ai apporté avec moi. Il va continuer ici. Je pense même que c'est là, sa vraie place, à Buenos Aires. C'est là qu'il va prendre une autre dimension, il va toucher le fond, son extrémité douloureuse. Je ne sais pas encore, mais il me semble que ce sera comme ça, que ça ne peut pas être autrement. Je lui fais confiance, de toute façon, je n'ai pas le choix... Confiance à qui ? Au roman. Je lui expliquerai tout ça une autre fois, je suis fatiguée, je vais aller dormir un peu. Combien je lui dois ?

27

Quelques heures plus tard, c'est le héros de mon roman qui me tire d'un sommeil profond. Il est à Resistencia, chez son père, dans la province de Chaco, dans le nord-est de l'Argentine, avec Gaëtan et Francesita. Il voudrait que je vienne les rejoindre pour quelques jours. Il a réservé une chambre d'hôtel pour moi. Ce n'est pas si loin de Buenos Aires : mille deux cents kilomètres, une nuit en bus, ce n'est rien. En plus c'est confortable, on peut dormir ou bien regarder le paysage... Parce que c'est important, dit-il. Il voudrait que je voie l'endroit où il est né. Une belle région, une belle ville aussi, avec une odeur très particulière, surtout après la pluie...

— Qu'est-ce qu'il y a? dit-il quand il se rend compte que je ne suis pas très enthousiaste.

— Tu viens de me réveiller.

— Mais il ne faut pas dormir en arrivant, Balérie. Qu'est-ce que tu vas faire cette nuit sinon?

— Je vais aller danser...

— Tu vas aller danser?

— Hmm...

— Où ?

— On est jeudi... Il faut aller à *El Beso*, si je me souviens bien ?

— Je n'en sais rien. Oui, peut-être... C'est une petite salle... Trop petite...

Il s'éclaircit la voix comme s'il voulait marquer une pause avant de revenir à la charge.

— Mais quand pourras-tu venir ici ?

Cette fois c'est moi qui marque une pause.

— Ça va être difficile, Coco. Très difficile. Je ne suis pas toute seule...

— Tu n'es pas toute seule ?

— Non...

Il y a un nouveau blanc dans notre conversation, plus long que le précédent.

— Tu es avec qui ?

— Avec Robert...

— Robert ?

— Robert.

Et il n'y a pas de point de suspension après « Robert ». C'est un point. Un point qui signifie qu'il n'y aura pas de détails. Robert est Robert, et on ne va pas prolonger le débat. De toute façon, j'ai décidé de ne pas parler de lui pendant quelque temps ; les gens n'ont pas besoin de savoir que je dors à côté d'un chat, que je ne peux pas m'asseoir sans qu'il vienne se blottir contre moi, que monsieur voyage avec moi et ainsi de suite, ça va comme ça. Et puis je n'ai pas envie de faire mille deux cents kilomètres en bus, même très confortable, pour aller humer l'odeur après la pluie d'une petite région perdue dans le nord-est de l'Argentine, à la frontière de l'Uruguay. Il me semble qu'il est possible d'écrire sur Coco Dias sans connaître l'odeur de sa province natale, sans parler du fait qu'il n'y a passé que les premières années de sa vie; et puis Resistencia n'est pas son *barrio*, dont il me rebat les oreilles depuis que je le connais. Je ne suis pas non plus son peintre officiel, qui le suit en voyage. Je suis en train d'écrire sur lui, d'accord, mais ce sera comme je l'entends, et non comme il le veut. Alors pour le moment, je préfère prendre une douche, m'habiller, me maquiller, me parfumer, et aller tranquillement à ma première milonga. Je peux vivre ma vie sans Coco Dias pendant quelques jours, ça me fera des vacances.

Quand plus tard, vêtue de ma plus belle jupe, mon chemisier vert à pois et mes chaussures de tango dans mon sac, je marche dans la rue Riobamba et que j'aperçois au loin la porte rouge d'*El Beso*, je ressens cette même excitation, le même frisson dans le bas-ventre que si j'étais à Paris et que j'approchais de la rue du Temple. Alors je presse le pas, je m'efforce de ne pas courir, de ne pas monter les marches deux par deux pour rejoindre le premier étage, derrière la porte numéro 416, d'où sortent ces accords des tangos qui s'adressent à moi. Comme à Paris, je m'arrête en haut des marches pour voir si je connais quelqu'un; comme à Paris je sens le cœur qui bat dans mes tempes. Mais la comparaison s'arrête là. Je suis dans un autre monde.

« *Hola, linda, como estas...* », m'accueillent Oscar et Lucia, organisateurs de la milonga du jeudi soir, comme si on s'était vu la veille. Ils me proposent une table au deuxième rang, ce n'est pas la meilleure, mais je serai quand même bien en vue, il ne faut pas m'inquiéter, me dit Lucia. Je ne m'inquiète pas. Je sais qu'ici je ne vais pas passer la soirée à attendre que quelqu'un veuille bien m'inviter. Si j'ai envie de danser, je danserai, et pas avec un danseur quelconque, mais avec celui que je choisirai. Je ne suis pas assise au premier rang, mais on me voit et je vois et je vais pouvoir entrer dans le jeu magique des regards. Parce que c'est comme ça que ça se passe à Buenos Aires, tu comprends : on se parle avec les yeux. On se repère, on se cherche, on passe avec son regard la première fois pour voir si on a été bien vu. Puis on repasse, on y va franchement cette fois, on exprime son envie, on dit son désir. On voit bien qu'il nous a vue, même s'il regarde ailleurs ou fait semblant du contraire, il veut faire durer le jeu encore un peu, c'est délicieux, tout ça, alors il ne faut pas s'en priver. Pendant que nous, on attend sa réponse avec inquiétude et fébrilité comme si notre vie en dépendait. C'est alors que son regard revient, il s'arrête sur nous, il nous fait un *cabezeo,* un petit, tout petit signe de la tête, à peine perceptible par les autres, pour dire que ça marche, que lui aussi a envie de danser avec nous, qu'il va se lever et va venir nous chercher. Ou bien il dit qu'on dansera plus tard, comme Tito Morales, il me disait tout le temps ça : on dansera plus tard, une autre *tanda,* c'est-à-dire une autre série de quatre tangos. Il aimait se faire attendre, il aimait se faire désirer, il aimait faire vibrer l'air entre nous. Ou bien son regard disait carrément : attention ma petite, si tu danses ces tangos avec moi, tu es cuite, tu ne pourras pas résister, tu tomberas amoureuse de moi. Ce qui arrivait fatalement, et pas qu'à moi. Toutes les femmes, et non seulement à *El Beso,* mais aussi à *Canning, Niño Bien, Gricel...*, étaient amoureuses de lui, et cela au moins pendant le temps d'une série de quatre tangos qu'elles dansaient avec lui.

Mais il n'est pas là, ce soir, je l'ai vérifié en entrant : sa table au premier rang, près du bar, est occupée par quelqu'un que je ne connais pas. Bernardino, mon premier maestro, celui qui m'a appris à enlacer et qui m'appelait *muchachita,* n'est pas venu non plus. Les autres sont bien assis à leurs tables comme la dernière fois que je les ai vus ici, il y a deux ans. « J'ai ma table au *Niño Bien* », m'a dit un soir un danseur avec le ton qu'un écrivain français emploierait pour annoncer son prix Goncourt. Il y a donc Alberto, le peintre qui porte une lourde chaîne en or autour du cou et danse très bien les valses, accoudé à côté d'Hector, organisateur de milongas, qui lui ne danse presque pas, il regarde, il est au spectacle. Une table plus loin, il y a Ruben, le grand Ruben, un danseur pour qui je n'irais pas au bout du monde mais bien loin quand même. Puis Jorge, l'alcoolique, le triste chevalier de la Pampa. Puis un beau jeune homme en chemise blanche que je ne connais pas et qui n'a pas vraiment une tête de danseur de tango. Puis mon ami Silvio Kantor, le vieux syndicaliste qui me donnait toujours des leçons sur l'histoire et sur la politique argentine entre les tangos : « N'oublie pas que c'est un pays qui a fait disparaître trente mille personnes pendant la dictature », me racontait-il pour tempérer mon enthousiasme pour cette ville. Puis un autre Jorge, toudu ciel sous la forme d'une rediffusion d'une de mes pièces radiophoniques, accompagnée d'un chèque. Je pousse un cri de joie qui effraye le pauvre Robert qui s'enfuit dans la cuisine. Je me précipite sur le téléphone, il faut bien que je le dise à quelqu'un.

— Natacha, est-ce que tu te souviens d'une pièce radiophonique dont je t'ai parlé, il y a deux ans, non, même plus, deux ans et demi... Une commande de France Culture ?

— Quelle pièce, quelle commande ?

— *Entré dans ma vie par la fenêtre...*

— Entré dans ma vie par la fenêtre ?

— C'est le titre. C'est l'histoire d'un ravalement... Non, non, c'est l'histoire d'une femme, d'une pianiste... Elle est en train de se servir un café quand elle voit un type qui l'observe à la fenêtre. Elle habite au sixième étage, comme moi, tu vois...

— Oui, je vois...

— Elle lui propose un café... Elle l'invite à entrer... C'est une très jolie histoire. Parce que la personne qui lui fait face n'est pas du tout un peintre en bâtiment comme on peut le croire...

— Je ne vois pas du tout où tu veux en venir, Valérie...

— Je raconte mal, c'est sûr. Mais ce n'est pas important. Enfin, si. Parce qu'il y a eu une rediffusion...

— C'est pour ça que tu m'appelles ?

Natacha a un don particulier : celui de refroidir mes élans. Soudain, comme par magie, je ne saute plus de joie. Je suis assise sagement sur mon canapé, avec Robert, qui est venu me rejoindre, sur mes genoux.

jours très classe, on dirait l'homme aux quatre initiales, exilé en Argentine, avec un air coquin en plus, pince-sans-rire, mais qui ne se préoccupe pas vraiment de sa santé ; il boit, il fume, il passe ses nuits à traîner dans les bals ; il ne danse que de temps en temps, un tango qui lui plaît à la folie, avec une femme qui lui plaît aussi, forcément. Il y a Mario, avocat, l'intellectuel de la bande, qui parle anglais et connaît par cœur tous les orchestres. Il y a Dani El Flaco, une gloire internationale, l'ami de l'immense Carlos Gavito, mort depuis un an. Puis l'autre moitié de la salle, que je ne connais pas.

Alors avec qui vais-je danser ? Pas avec Dani El Flaco, parce qu'il ne danse pas ; il vient, il salue tout le monde, très digne, très droit, cheveux blancs et tête haute, il se met à sa table, allume une cigarette, commande un café ; il vient parce que les milongas, c'est sa vie, c'est tout ce qu'il sait faire. Pas avec Ruben, parce qu'il regarde ailleurs ; les danseurs de tango, surtout ceux qui viennent jeudi soir à *El Beso,* peuvent être très snobs quand ils veulent. Pas avec Jorge non plus, c'est trop tôt, il n'est pas encore assez soûl. Ni avec l'autre Jorge, même si je le bombarde de regards, ce n'est pas le bon tango et la nuit vient de commencer... Restent Silvio, puis Alberto, puis le jeune homme en chemise blanche, puis ceux que je ne connais pas encore, c'est-à-dire presque tout le monde. Mais le deuxième Jorge a raison : j'ai tout mon temps. La nuit vient de commencer et je suis là. Je suis arrivée. Je suis enfin à Buenos Aires.

28

J'ai vu Fabian pour la première fois le lendemain, rue Maipú — celle où vivait Borges — au numéro 444, premier étage. Il y a beaucoup de monde sur le parquet, mais on ne voit que lui.

— Je n'aime pas trop comment il danse, me dit entre deux tangos Silvio Kantor.

Je comprends tout de suite de qui il parle.

— Pourquoi ?

— Je ne sais pas...

— Tu es jaloux ?

— Je suis jaloux parce qu'il te plaît à toi, *corazón*...

— Qui t'a dit qu'il me plaisait ?

— J'ai trente ans de plus que toi, ça fait quarante ans que je fréquente les milongas, alors laisse-moi deviner les choses, *amor*... Mais je suis content de te revoir, il faut que tu le saches.

Moi aussi je suis contente de le revoir. J'aime bien quand il m'appelle « *corazón* » ou « *amor* » ou « Margot Fontaine ». Il est un de ces vieux *milongueros* de Buenos

Aires à qui on a envie de faire une révérence à chaque rencontre. Toujours à la même table, toujours impeccable, toujours respectueux et galant, répétant depuis quarante ans les mêmes pas, les mêmes figures, avec la même passion et la même concentration. Sauf que Silvio Kantor, fils d'émigrés juifs russes, a quelque chose que les autres n'ont pas : une conscience politique.

— Ne crois pas ce que disent les journaux et la télévision, me dit-il debout sur la piste, en attendant un nouveau tango. Ça ne va pas vraiment mieux dans ce pays. Il n'y a jamais eu autant de gens qui ont faim. Il n'y a jamais eu autant de *cartoneros*... C'est la misère cachée. La misère qu'on voit la nuit. Tu t'imagines, les gens qui dorment dans la rue, qui trient les poubelles pour aller vendre le papier et les cartons pour quelques pesos... Pour pouvoir manger... Dans un pays qui est riche, qui pourrait nourrir tout un continent... Tu m'écoutes, Margot?

Je l'écoute, oui, bien sûr que j'écoute, tout en suivant des yeux cet autre danseur que je ne peux pas m'empêcher de regarder. Pourtant ce n'est pas quelqu'un de séduisant ni d'élégant. Plutôt grand, brun, visage obstiné, cou dans les épaules : un *morocho,* un *moreno,* avec du sang sicilien, espagnol et indien dans les veines. Il porte un vieux jean, chemise usée, chaussures de danse qui ont beaucoup servi. Mais on le remarque à peine. Ce qu'on voit, ce qui éclate à la figure, c'est la grâce insolente avec laquelle il se meut sur ce parquet, la sensualité brute d'un animal sauvage qui coupe le souffle et tranche avec la subtilité de ses pas. Il danse avec une jeune fille à longue queue-de-cheval, qui, à chaque tour ou pivot, virevolte devant son visage comme un fouet. On comprend tout de suite qu'ils ont l'habitude de danser ensemble, on comprend surtout qu'ils sont amants et plus ou moins seuls au monde ; d'ailleurs ils sont assis à la même table et ne dansent qu'entre eux.

— Tu es sûre que tu m'écoutes, *corazón*? demande Silvio.

— Oui, bien sûr que je t'écoute...

Je le revois quelques jours plus tard, au même endroit, à l'un de ces moments où le temps commence à s'étirer, quand il ne se passe plus rien et que je me dis pour la troisième fois qu'il y a bien d'autres choses à faire à Buenos Aires que de fréquenter les milongas. Parce que depuis mon arrivée, je ne fais que ça : danser le tango. Alors je peux partir, je peux aller marcher dans mon quartier, je peux aller manger, ou boire un verre... En plus, on m'a placée à côté d'une Française qui n'arrête pas de se plaindre, il y a trop de climatisation, pas assez d'air, le café n'est pas bon... Je me demande ce qu'elle veut, je n'ai pas envie de parler avec elle, autrement dit : ce n'est pas un grand jour aujourd'hui. Il arrive au moment où je veux me lever et partir. Je le reconnais tout de suite, il est habillé comme la dernière fois, le même pantalon, la même chemise. Et il est seul.

Soudain je n'ai plus envie de m'en aller. Je vais aux toilettes, je remets du rouge à lèvres et jette un coup d'œil sur le reflet dans le miroir : dommage que je n'aie pas eu le temps de me laver les cheveux, que je n'aie pas mis ma robe orange, puis j'ai des cernes, c'est affreux, mais il faudra bien faire avec. Je reviens à ma place, je commande un autre verre, j'ai tout mon temps. Lui non plus n'est pas pressé. Il a mis ses chaussures de danse entre-temps, il a commandé une bière. Et il commence à regarder autour de lui. Je vois bien qu'il m'a vue, mais je ne dois pas être la seule à le regarder et à vouloir danser avec lui. Non, il y a une femme aux cheveux très courts, un centimètre, voire deux, qui se lève et le rejoint sur la piste. Tant mieux, comme ça je vais pouvoir l'observer tranquillement. Parfois on peut se tromper, être ébloui par quelqu'un qui, la fois suivante, se révèle sans éclat, ordinaire, banal.

Je comprends tout de suite, au bout de quelques mesures d'une milonga joyeuse et rapide, qu'il n'en est rien : je ne me suis pas trompée. C'est la même grâce, la même fluidité, la même sensualité qui se dégagent de lui et m'éclaboussent quand il passe à côté de moi. J'ai envie de fermer les yeux et d'accélérer le temps jusqu'à la prochaine *tanda* qu'il va danser avec moi, c'est sûr, il ne peut pas faire autrement.

Mais ce n'est pas encore mon tour. Cette fois, c'est celui d'une petite blonde mal fagotée, qui, si je regarde attentivement, ne danse pas si bien que ça. Elle est molle, elle ne répond pas à ses initiatives, elle n'est pas précise avec ses pieds. Elle ne sait pas l'enlacer non plus. Son cœur n'y est pas. Sans parler du fait qu'elle porte une jupe argentée qui ne lui va pas et n'a aucun charme.

Puis vient la *tanda* d'Ana-Maria que je connais. C'est une psychologue, femme d'un célèbre psychanalyste, qui vient souvent danser au début de la soirée : elle pose sur la table des pastilles à la menthe pour rafraîchir l'haleine, danse une heure ou deux avant d'aller rejoindre son mari après un dîner ou une conférence. On la place toujours avec trois ou quatre autres psychanalystes, toujours les mêmes, mieux habillées et plus distinguées que les autres danseuses.

Puis vient le tour des deux amies d'Ana-Maria. Puis celui de la Française qui est assise à ma table. Il y a quelque chose qui ne va pas avec moi. Il y a donc cette petite Française (qui se croit le centre du monde) et à côté d'elle, à la même table, à ma place, il n'y a personne. Je suis devenue transparente. On ne me voit pas. Je n'existe pas. Mais Dieu indifférent, qu'est-ce que je fais dans cette salle quelconque, avec quelques vieux, une tripotée de psychologues et de psychanalystes, une blondasse qui danse mal, et cette Française qui la ramène pour un oui ou pour un non ? Pourquoi je veux danser avec un type qui comme Tito Morales fait semblant de ne pas me voir (sauf que lui ne vient pas à la milonga en vieux jean, chemise délavée et chaussures pourries) Et encore mieux : pourquoi je m'entête à vouloir danser ? Qui m'a mis cette idée en tête ? Je sais faire autre chose dans la vie. Je sais lire, je sais regarder la peinture, je sais flâner... Je peux aller voir l'autoportrait de Rembrandt et les deux Manet au musée des Beaux-Arts. Je peux relire le *Journal* de Gombrowicz, j'adore son esprit démystificateur, iconoclaste, antinationaliste, antilyrique, anti-majuscule en un mot. Je peux aller vérifier si son café *Rex* existe toujours. Je peux faire du tourisme, prendre l'avion et aller voir les chutes d'Iguazú... Ou même le très confortable autocar nocturne pour Resistencia...

— Tu veux danser ?

Je lève les yeux. C'est lui. Il est devant moi, il me tend la main. Ça ne se fait pas à Buenos Aires, un homme ne vient pas chercher une femme, même si la salle est en train de se vider et qu'on va passer aux derniers tangos.

— C'est presque fini.

— Ce sont les plus beaux thèmes. Viens !

Je le déteste. Je le déteste, parce que je finis par me lever et le suivre sur la piste. Je le déteste parce qu'il n'attend pas que je pose mon bras sur son épaule, mais qu'il le fait, lui : il prend ma main gauche et la fait glisser doucement, très doucement sur son cou. Je le déteste parce que je comprends au bout de quelques secondes que ses bras sont faits pour moi et les miens pour lui. Je le déteste parce que je sens que mon corps se met à écouter le sien comme si c'était le mien. Je le déteste parce que je sais d'avance que je vais l'aimer.

29

— Tu veux qu'on aille danser ailleurs, Bailarina ? À *Gricel* ou à *Niño Bien* ? me demande-t-il quand nous nous retrouvons dehors, rue Maipú, et que nous nous mettons en marche vers l'Obélisque et l'avenue 9 de Julio.

C'est une belle nuit chaude, comme si on était en plein été.

— Je dis Bailarina parce que je ne sais pas comment tu t'appelles.

J'aime bien. Je veux bien être Bailarina.

— Moi, c'est Fabian. Tu comprends *el castellano,* n'est-ce pas ? Je t'ai vue parler avec Silvio, l'autre soir.

Je fais « oui » de la tête. Je comprends bien l'espagnol, oui, très bien ; c'est peut-être même, qui sait, ma langue maternelle.

— J'ai été payé pour danser avec toutes ces femmes qui étaient là ce soir, dit-il soudain, comme si c'était une pensée qui venait de le traverser.

Je m'arrête, je me tourne vers lui, je ne comprends pas.

— Oui, je connais bien l'organisatrice de cette

milonga. Elle me paye quand il n'y a pas beaucoup de bons danseurs. Comme ce soir. Mais maintenant je suis libre. Je peux aller danser où je veux, avec qui je veux...

Je continue à le regarder sans rien dire.

— Tu n'as pas envie de parler tout de suite, c'est ça?

Oui, c'est ça, il l'a deviné : je n'ai pas envie de parler tout de suite. Il y a trop de choses qui se bousculent dans ma tête. Il faut que je me calme. Il faut que je m'habitue à être près de lui. Je suis ou bien trop lente ou bien trop rapide avec les hommes. J'ai des choses à apprendre. Je ne veux plus me tromper.

— On y va, alors? On prend un taxi parce qu'il y a une grève de métro aujourd'hui...

On traverse la plus large avenue au monde qui est un flux incessant et insensé de voitures, bordé d'arbres magnifiques. Il arrête le premier taxi qui vient vers nous. On s'installe derrière, Fabian commence à bavarder avec le chauffeur. Il y a beaucoup de trafic, à cause de la grève, mais on n'est pas pressé, on a toute la nuit devant nous, dit-il. Il me prend sous la main quand nous sortons et nous nous retrouvons dans un quartier que je ne connais pas. Je n'ai aucune idée du lieu où l'on va, mais j'aime bien marcher en silence à côté de lui. On trouve tout de suite la bonne cadence; nos pas s'accordent, ils se font confiance et résonnent dans la nuit comme s'ils se connaissaient depuis longtemps.

— On va à *Gricel*. On se met chacun de son côté, mais on danse ensemble... Tu veux bien, Bailarina?

Je dis oui avec les yeux.

— Toujours pas envie de parler? Il faudra que je te fasse des dessins alors...

Je souris. Je commence à aimer ça, ne pas parler. C'est comme un jeu et j'ai toujours aimé jouer. Nous entrons dans une grande salle tout en longueur avec une très belle piste de danse en bois. Nous nous mettons donc chacun de son côté : une table pour moi, et une autre pour lui, en face, de l'autre côté de la piste. C'est une milonga de nuit, dont l'ambiance n'a rien à voir avec celle d'où l'on sort. Il n'y a pas de psychanalystes qui doivent se coucher tôt pour que leurs clients puissent venir sur leurs canapés, le lendemain matin. Il n'y a pas de Silvio qui a un cœur fragile et une épouse qui l'attend à la maison ; il n'y a pas d'horrible petite Française non plus. Mais je vois les deux Jorge, l'alcoolique et l'autre, plus philosophe, adepte du sage Épicure. Et beaucoup d'autres hommes et femmes qui leur ressemblent : seuls dans la vie, la plupart sans travail et un peu désespérés.

Fabian a commandé une bière et quelque chose à manger. Je ne le regarde pas comme je l'ai fait à Maipú : avec fébrilité, envie, entêtement. Je sais que je vais danser avec lui et que nous avons toute la nuit devant nous. Alors je peux être simplement là, assise à ma table et faire ce que j'aime le plus : commander un verre, ne pas être pressée, regarder danser les autres, rêvasser, partager la nuit et la fraternité avec ce petit monde autour de moi. Sentir le temps qui s'écoule entre nous comme s'il gouttait doucement, sans bruit, et écouter cette musique qui est la leur, mais aussi la mienne. Et s'il y a un tango qui me plaît plus que les autres, comme cette valse de Troilo, par exemple, je sais ce qu'il faut faire. Il faut lever les yeux dans la direction de Fabian. Je vois qu'il me voit, que lui aussi aime cette valse de Troilo, qu'on va se lever tous les deux, voilà, c'est fait, on se rejoint sur la piste.

— Ça va, Bailarina ? demande-t-il tout bas et il prend ma main pour la poser sur son épaule, comme il l'a déjà fait.

Je fais « oui » avec ma tête contre la sienne. Je sens qu'il a souri. Il attend un long moment sans bouger avant de trouver la phrase musicale sur laquelle on s'élance. Je ferme les yeux. Je me laisse guider. Je le suis. Je le suis en faisant confiance à son corps, mais aussi au mien qui répond au sien comme par miracle. Fabian sait comment il faut faire ; d'abord s'habituer l'un à l'autre, comprendre ce qu'on peut faire ensemble, même si ça va très vite entre nous. Coco Dias dit la même chose : qu'il faut d'abord s'apprivoiser. Il dit aussi que le corps ne ment pas, qu'en dansant on peut toucher au mystère de l'autre. Et surtout il dit : « Quand ça se passe bien avec le corps de l'autre, on n'a pas besoin de parler. »

C'est donc pour ça que je n'ai pas besoin de parler, cette nuit. Je n'ai pas besoin de parler, parce que ça ne s'est jamais aussi bien passé avec le corps de l'autre. Alors je ne veux plus m'arrêter, je veux que ça continue à se passer bien avec cet homme que je ne connais pas. J'ai tellement de choses à lui dire que je ne sais même pas par où commencer. Par la franchise de son cou... Par la force de son torse... Par le feu de ses reins... Par la tendresse muette de ses épaules... Par l'adorable étrangeté de ses mains... Par l'audace rythmée de ses pieds... Parce que l'amour ne se loge pas dans l'âme, il est là, il est dans le mouvement de mon corps qui suit son corps, qui le regarde, qui l'écoute, qui lui répond, qui n'a pas peur, qui ose, qui s'avance, qui est joyeux, qui exulte... Pourquoi ai-je mis tellement longtemps à le comprendre ?

Plus tard, il me dira qu'on devrait se reposer un peu, manger quelque chose, boire un verre. On ira donc à sa table. On mangera, on boira... Il allumera une cigarette, puis il se mettra à dessiner. Je le regarderai faire. J'admirerai les gestes rapides de sa main, comme si, indépendante, elle dansait sur le papier. Tiens, c'est pour toi, dira-t-il au bout d'un moment. Deux grands félins, deux fauves, une panthère noire et un léopard, dansant le tango. Il dira qu'ils nous ressemblent. Je regarderai de plus près : le léopard a une petite robe comme la mienne, des chaussures à talons, une expression heureuse et confiante sur sa figure (je devrais dire : sa gueule). La panthère est plus grande, plus massive, plus sérieuse aussi, avec le sexe dressé sous son pantalon.

Plus tard encore, on prendra un taxi. On se retrouvera côte à côte comme au début de la nuit, sans se parler, sans se toucher, ce qui se révélera bien plus troublant. Quand on s'arrêtera devant la porte de mon immeuble, à l'*esquina* d'Azcuénaga et de Juncal, il m'embrassera pour me dire au revoir, bonne nuit, et dors bien. Soudain, sans réfléchir, je lui demanderai s'il est allergique aux chats, ce qui le fera éclater de rire. « Tu parles enfin, Bailarina... », s'exclamera-t-il. Et il rajoutera : « Quelle question, à cinq heures du matin ! » Alors ? Non, non, il n'est pas allergique aux chats. Pourquoi ? Je le prendrai par la main. Parce que dans ce cas, il pourrait venir dormir chez moi.

30

Le lendemain, c'est-à-dire quelques heures plus tard, c'est de nouveau le héros de mon roman qui me réveille.

— Balérie, je suis là...

— Oui...

— Je suis à Buenos Aires. On peut se voir, si tu veux.

— Oui...

— Dans une heure, à l'*esquina* de Santa Fe et Callao.

— Oui...

— Je t'ai réveillée ?

— Oui...

— Il est onze heures... Onze et demie, même. Tu n'es pas seule ?

Je regarde autour de moi. Si, je suis toute seule. Fabian est parti. Il m'a dit qu'il devait se lever tôt et qu'il le ferait en silence, sans bruit, pour ne pas me réveiller.

— Si... Enfin non...

— Tu ne sais pas si tu es toute seule ou non ?

J'expire longuement. Je vois Robert qui me fait la tête au pied du lit. Il me fait la tête depuis que nous sommes dans cet appartement. Il ne comprend pas grand-chose à ces changements de continents, pauvre vieux.

— Tu veux que je vienne te chercher en taxi ?

— Non, non, je vais marcher. Il faut que je prenne l'air. Un café aussi. Avec au moins trois *medialunas*...

— Dans une heure alors ?

D'accord, oui, bien sûr : parce que si Coco Dias dit une heure, ça veut dire une heure et demie, voire deux, sans me presser, et je serai en avance, comme toujours. Alors, je peux prendre tranquillement une douche, me laver les cheveux, mettre ma robe à fleurs, mes sandales plates, celles qui se portent pieds nus, il fait beau, le ciel est bleu avec des traînées de nuages cotonneux, et les arbres commencent à jaunir, c'est l'automne, mon deuxième automne en quelques mois. Il ne faut pas que j'oublie de sortir mon cahier couleur sable, il est toujours dans ma valise. Ça fait longtemps que je ne l'ai pas ouvert. Je vais aller le feuilleter dans le café, un peu plus loin, dans la rue où j'ai mes habitudes, avant de rejoindre Coco Dias au lieu de notre rendez-vous.

Quand j'arrive, non, quand j'accours à l'*esquina* de Santa Fe et Callao, je ne le reconnais pas tout de suite.

— Qu'est-ce que tu fabriques ? Ça fait au moins une demi-heure que je t'attends !

Ce n'est pas le même homme qu'à Paris. Il est d'un chic à couper le souffle : costume sombre, chemise blanche, pochette de la même couleur. Cheveux impeccables, teint radieux, lunettes de soleil. Et — incroyable — il n'est pas en retard. Je repense aux phrases que je viens de lire dans mon cahier couleur sable : Buenos Aires, à mon époque, était une ville de luxe, de grande classe... Un paradis pour un gamin pauvre de douze ans, *una cabezita negra,* qui venait à la fin de la semaine vendre les revues de courses hippiques. Qui traînait dans les rues, qui s'émerveillait... C'était quelque chose... Ce n'était pas le Buenos Aires d'aujourd'hui, sale et pauvre. Même la pauvreté n'était pas la même. Il y avait de la solidarité entre les gens, et les voleurs avaient leurs codes...

— Une demi-heure ? Ce n'est rien. Pour une fois que ce n'est pas moi qui attends, debout dans l'escalier à la Porte Dorée.

Il me sourit en enlevant ses lunettes.

— Tu as raison.

— Tu es allé chez le coiffeur ?

— Oui... Je me suis fait tout faire : la barbe, les cheveux... Même les ongles. On m'a posé un vernis transparent.

— Un vernis ? Fais voir...

— Allons prendre un thé, d'abord ! Allons chercher un bel endroit, un peu plus loin. Viens... Qu'est-ce qu'il y a ?

Rien. J'ai du mal à croire que je marche sur l'avenida Santa Fe, changée avec le temps, certes, devenue une artère marchande mondialisée avec les mêmes enseignes que dans toutes les grandes villes de la planète. Sauf qu'elle est plus longue qu'ailleurs. L'air n'est pas le même. L'odeur non plus. Et le bruit, n'en parlons pas. Et les arbres non plus. Et le va-et-vient sur le trottoir... Et si on poussait un peu plus loin, dans les rues moins centrales et les quartiers plus éloignés on verrait que le temps ne s'est pas plus dépêché que sur les grandes avenues. Et si on poussait encore plus loin, aux portes de la ville, on verrait que la misère est toujours là, la grande misère des laissés-pour-compte.

— On s'arrête là ? demande-t-il, montrant un grand café.

Non, je voudrais continuer à descendre l'avenue avec lui. Ça ne m'arrive pas tous les jours de marcher à côté d'un homme aussi élégant, coiffé, rasé et manucuré de frais, délicieusement désuet. Qui s'habille comme ça, aujourd'hui ? Qui porte ce genre de costume, chemise, pochette ? Ça ne m'arrive pas tous les jours non plus de marcher à côté du héros de mon roman, et ce sur l'avenue même où il a dû s'aventurer, gamin, il y a quarante ans, après avoir vendu tous ses journaux et magazines hippiques. Je crois même que ça ne m'arrivera plus jamais.

— Ou ici ? Non ? Ça ne te plaît pas ?

Qu'est-ce qu'il a à être impatient comme ça ? Ne peut-il pas attendre un peu et continuer à marcher tranquillement ? À flâner, c'est ça, c'est le mot — un mot que j'aime et qui veut dire marcher sans but précis, pour le simple plaisir de marcher et observer tout ce vaste monde autour de soi.

— Il faut que je te dise quelque chose.

On ne doit pas aimer les mêmes mots tous les deux, c'est sûr.

— Il faut que je t'explique pour demain.

Je pense qu'on n'y arrivera pas, non, on n'arrivera pas à flâner ensemble.

— Tu ne m'écoutes pas ?

Si, je l'écoute. Je m'arrête même, je me tourne vers lui.

C'est un homme têtu ; quand il a quelque chose en tête, il ne l'a pas ailleurs.

— Comme tu n'as pas voulu venir dans ma province, tu n'as pas pu rencontrer ma famille. Mon père, ma sœur, mon demi-frère...

Oui, je sais...

— Mais tu pourras les voir demain, si tu veux. On va organiser un déjeuner pour le baptême de Gaëtan dans un restaurant, à San Isidro. Ce n'est pas très loin. On sera tous là. Même Ocho Cuarenta.

— Ocho ?

Je pose ma main sur son bras comme si j'avais besoin de vérifier ce qu'il vient de dire.

— Oui. Je t'ai réservé une place à table à côté de lui. Comme ça tu pourras enfin le rencontrer.

31

J'ai une grande fleur rouge en tissu. Une sorte de broche ou bracelet ou même collier, on peut la porter comme on veut, elle raconte toujours quelque chose, avait dit le couturier japonais à qui je l'ai achetée.

— Où va-t-on comme ça, avec cette fleur rouge entre les seins ? demande Rok, mon chauffeur de taxi slovène qui m'attend en bas de chez moi.

Je m'assieds derrière, comme toujours quand j'ai envie de parler. C'est plus pratique pour lui, il peut me lancer un regard quand il veut, et puis ça fait penser à une autre pratique justement, n'est-ce pas. Alors qu'est-ce qui se passe ? On s'est faite belle aujourd'hui ? Où va-t-on ? Pour qui est cette fleur rouge entre mes seins ? Comment ça va depuis la dernière fois ?

Ça nous fait trop de questions. On va à un restaurant au bord de la route à San Isidro. On va à un déjeuner de famille. La famille de Coco Dias, le héros de mon roman, qui fête le baptême du petit Gaëtan, le seul que je connaisse à part son père. Ils vont être tous réunis autour de la même table. Francesita, la jeune mère de Gaëtan. Carmen Antonio Dias, appelé aussi Chiquito, le père, celui qui a abandonné le fils, lequel un jour, bien plus tard, a pris le train pour aller voir qui était ce père qu'il ne connaissait pas. Isabel, sa sœur, abandonnée par ce père et plus tard par sa mère. Son demi-frère Gustavo, né par césarienne, ce qui a coûté la vie à sa mère, Flora. Marta, la femme qui s'est occupée de lui et qui petit à petit a pris le rôle et la place de Flora dans cette famille.

Puis il y aura quelqu'un d'autre qui ne fait pas vraiment partie de la famille, mais a joué un rôle important auprès du jeune Coco. Il a représenté la figure paternelle. Et — encore plus important — il lui a appris le tango. Coco le cite toujours dans ses interviews. Il n'a pas été formé par un maestro comme la plupart des danseurs de tango, mais par un simple danseur de rue, un ami du quartier, un voisin. Il n'en dit pas plus. Il ne va pas raconter dans les journaux que son ami a mal tourné, qu'il est devenu un trafiquant de drogue, un vrai caïd. C'est moi qui vais le faire. Il m'a tout de suite intriguée par son côté chef, tendre et brutal, aimé et craint, modeste et flambeur. On l'appelle 840, un nom de code pour ne pas lui causer d'ennuis, on ne sait jamais. Je vais être assise à côté de lui. Je vais pouvoir enfin le voir pour de vrai. Est-ce que c'est pour lui que j'ai mis la fleur rouge entre les seins, demande mon chauffeur de taxi doublé d'un psychanalyste, en me jetant un long coup d'œil dans le rétroviseur ? Je lui souris. Décidément, il sait lire entre les lignes. Combien je lui dois ?

Quand je sors du taxi, ils sont déjà tous là, dans un vaste restaurant au bord de la route, une sorte de self-service, qui ressemble à un gymnase. Il y a une grande table réservée près des fenêtres. Coco, habillé en blanc de la tête aux pieds, et Francesita, en bleu ciel, sont en train de disposer les noms autour de la table. J'ai l'impression qu'ils le font pour moi : ainsi vais-je savoir au premier coup d'œil qui est qui. Mais je n'ai pas besoin de lire les noms, du moins pas pour certains d'entre eux. Je vois tout de suite qui est Chiquito, le père, assis à côté de son fils. Il est petit, c'est sûr, il se tient très droit; on dirait qu'il continue à assurer sa réputation de séducteur, même si l'œil n'est plus aussi vif et brillant qu'autrefois. Mais les cheveux teints sont soigneusement lissés en arrière, et la moustache, teinte aussi, est fine comme un trait au-dessus de la bouche. Je vois la sœur Isabel, en blonde platine, puis la discrète Marta qui respire la bonté. L'homme à côté de moi s'appelle Raul Funes : c'est un chanteur de tango, un vieil ami de Coco qui a vécu à Paris, et chanté aux Trottoirs de Buenos Aires. La place à ma gauche, celle d'Ocho, est encore vide.

— Il va venir, ne t'inquiète pas, me dit Coco de loin. Il me l'a promis.

Alors je parle avec Raul en attendant. Nous allons chercher nos plats à l'autre bout de la salle. Il a une tête de vieux lion qui teint sa crinière en blond vénitien. Il est bien plus âgé que Coco. Il habitait dans le même quartier, mais du bon côté, pas dans la *villa miseria.* Sa mère Irma, une sage-femme, une femme de cœur surtout, lui préparait souvent une collation l'après-midi : une boisson chaude, avec une tartine ou quelque chose d'autre. Coco, il ne faut pas l'oublier, dit-il, avait toujours faim quand il était petit. Il était... Il était maigre comme un fil. Je termine la phrase à sa place. Tout le monde dit la même chose, Gricelda Sarmiento, El Indio, lui maintenant : Coco a été longtemps maigre comme un fil. Ils se sont perdus de vue, puis retrouvés plus tard, dans les années quatre-vingt, à Paris. Raul s'y est installé pendant quelques années avec sa femme uruguayenne, danseuse de tango, pendant un temps partenaire de danse de Coco. Raul Funes chantait aux Trottoirs de Buenos Aires, avec *Sexteto Tango*. Il chantait aussi pour d'autres orchestres et a beaucoup voyagé. Maintenant il vit enfin la vie qui lui plaît : il a une petite maison, ici, à San Isidro, une vieille voiture qui marche et — son trésor — un petit bateau. Il va chanter une fois par semaine au Pygmalion, à Buenos Aires. Sinon il occupe ses journées à ce qu'il aime le plus : naviguer sur le Río de la Plata. Est-ce que je veux venir avec lui ? Est-ce que je veux passer une journée sur l'eau, loin de tout le monde ? Juste le fleuve, le ciel et Buenos Aires au loin ?

La place à ma gauche est toujours vide. Coco nous fait signe de nous approcher de son côté de table.

— Il doit y avoir un problème..., me dit-il tout bas quand je passe derrière lui.

Il me présente à son père.

— C'est Balérie Nolo, papa, une Française qui écrit ma biographie..., dit-il.

Je m'assieds à côté de Chiquito. Je ne sais pas vraiment quoi dire. Je ne vais pas rectifier qu'il ne s'agit pas d'une biographie, mais d'un roman, ce qui n'est pas du tout la même chose. Je ne vais pas lui demander non plus s'il est fier de son fils, ça se voit : il est ravi d'être le père de Coco

Dias. Je ne peux lui poser des questions sur Ocho, il ne le connaît pas. Heureusement que Raul se met à chanter un tango. Coco et Francesita se lèvent et commencent à danser. Ils n'ont pas beaucoup de place, alors Coco invente une chorégraphie minimaliste. C'est la première fois que je les vois danser ensemble. Ils forment un beau couple de danseurs, il n'y a rien à dire. Je comprends quand Coco dit que Francesita, comme on l'appelle ici, est comme une Rolls Royce pour lui. Petite, menue, jolie (elle a un cou long comme une fleur) agile, gracieuse, puis souriante et radieuse. Décidément, c'est un grand jour pour eux. Ils portent leurs plus beaux habits de scène. Ils vont faire baptiser leur fils qui dort dans la poussette, un peu plus loin. Ils dansent devant la famille argentine. Et ils dansent bien. Ils dansent avec toute la confiance et le relâchement de ceux qui se connaissent par cœur, qui partagent la scène et la vie de tous les jours. Tout le monde les regarde, tout le monde est là, sauf celui que j'attendais. J'espère qu'il ne lui est rien arrivé.

— Tu as une jolie fleur rouge sur ta poitrine, me lance Coco comme s'il devinait ma pensée.

— Est-ce que tu vas venir sur le fleuve avec moi ? demande Raul.

32

J'ai besoin de voir un peu plus clair, de comprendre où je vais, de sortir du brouillard. Pourtant il fait beau, c'est une journée splendide, avec un ciel bleu et sans soucis comme dans une boule de cristal (non, ce n'est pas vrai, le ciel n'est jamais sans soucis). Un vent léger caresse mes joues et ride la surface du fleuve argenté qui ressemble à la mer. La ville de Buenos Aires scintille au loin, tel un amas de corail blanc. Des voiliers jouent avec le vent comme si on était en haute mer et non sur le Río de la Plata. Le moteur de *Pampa*, le vieux bateau de Raul, ronronne dans le silence du fleuve.

Je regarde le ciel devant moi. On est toujours dans le brouillard quand on essaye d'imaginer ce que sera notre vie, tu ne trouves pas... Ou bien le roman qu'on est en train d'écrire, c'est la même chose, le même brouillard qui se dissipe au fur et à mesure qu'on avance. On se pose les mêmes questions que dans la vie. On veut y comprendre quelque chose. On veut saisir la vérité de nos personnages. J'ai envie de savoir qui est vraiment Coco Dias, d'enlever les mauvais vers et les majuscules avec lesquels il tente de déguiser sa vie pour en faire une légende (sans parler des inexactitudes, dissimulations et inventions qui sont au cœur de l'évocation de soi). Et je ne veux pas le faire à la manière d'une biographe — dates, chronologie, faits —, il faudra bien qu'il le comprenne à un moment ou un à autre. Et il n'y aura pas de photos dedans, point.

Pourtant je suis bien en train d'exécuter la commande. J'écris sur lui, je fais un portrait de groupe avec Coco Dias à la place du roi et de la reine. J'ai donc disposé mes personnages autour de lui, j'ai organisé le récit, je fais de la mise en scène ; tout le monde est venu poser dans mon atelier de la Porte Dorée. Il y en a qui ne font pas partie de la famille, en tout cas pas celle de Coco Dias. Ils sont là, au fond du tableau, ou bien à droite ou à gauche, ou même au premier plan, ça dépend. Il y a même un animal, au premier plan justement, à la place du gros chien Iago dont parle Agathe. Il s'est assoupi par terre, mais observe d'un œil malicieux ce qui se passe autour de lui. Si tu veux mon avis, il a pris trop d'importance, cet animal. Tu vois bien de qui je parle, n'est-ce pas...

— À quoi penses-tu ? s'écrie Raul, ses longs cheveux blonds dans le vent.

Il est assis à l'arrière du bateau, le gouvernail à la main et content de partager son fleuve avec quelqu'un. Il n'a pas envie de parler, il veut simplement savoir si tout va bien.

— À Velázquez...

— Velázquez..., répète-t-il, songeur, en replongeant dans ses pensées.

J'aurais pu dire Gonzales, Morales, Mercedes ou autre chose, ça aurait fait le même effet. Si j'ai dit Velázquez, c'est parce que je suis en train de faire comme lui sur son tableau : j'ai levé ma tête, je regarde longuement et fixement devant moi. Le vent continue à ébouriffer mes cheveux et Raul commence à chantonner.

Mais qu'est-ce que j'essaye de voir depuis que nous sommes partis sur le Río de la Plata ? Qui je regarde ainsi devant moi ? Pourquoi je scrute ce ciel bleu comme s'il pouvait me révéler ce que je ne sais pas ?

33

Quand je reviens dans mon quartier — le soir est en train de tomber sur Buenos Aires — je vois quelqu'un au loin, appuyé contre l'arbre devant mon immeuble. Je m'arrête, je regarde bien : on dirait Fabian, la même silhouette, les mêmes cheveux noirs. Mais qu'est-ce qu'il fait là ? J'ai pensé que je ne le verrais plus. Il ne m'a pas laissé son numéro de téléphone, je ne lui ai pas donné le mien. Je ne lui ai même pas dit au revoir quand il est parti, le matin ; je dormais. À part son tango, son prénom, son odeur, sa volupté — c'est un sensuel qui aime la peau — je ne connais rien de lui, ce qui constitue — d'après mes modestes expériences, dues principalement à mon amant libanais — une excellente condition pour bien faire l'amour. Une bonne dose d'étrangeté, une situation légèrement ambiguë, un peu de sens ludique, et c'est parti. Enfin, ça a été comme ça avec Fabian qui m'attend appuyé contre un arbre.

Mais ce n'est pas lui ; c'est un jeune homme brun, avec Che Guevara sur son tee-shirt, qui bavarde avec une femme à la porte de l'immeuble. Il faudra que j'arrête de rêver et que je fasse comme Agathe : que je m'achète des lunettes pour voir de loin. Pourquoi Fabian m'attendrait-il contre cet arbre pendant que moi je navigue sur le Río de la Plata, en compagnie d'un vieux chanteur de tango, qui s'appelle Raul Funes ? Il a dansé avec moi, on a pris le taxi ensemble, je l'ai invité à monter avec moi, mais il faut ajouter que ça aurait pu être pour un café avec *medialunas*, vu qu'il était déjà presque le matin. Et alors ? Alors rien, justement. Je me suis trompée. Ce n'était pas lui, ça ne pouvait pas être lui. Les amours avec les danseurs de tango durent trois minutes, le temps d'un tango, pas plus.

Robert est content quand il me voit arriver. Je le prends dans mes bras, je m'assieds dans le fauteuil devant la télé, j'allume le poste, j'écoute ce qui se passe de ce côté-là de la terre. Nous commençons à avoir nos habitudes dans ce petit appartement au cinquième étage qui donne sur la rue et sur les grands acacias et qui ne ressemble pas du tout à ma Folie parisienne ; il y a tout ce qu'il faut, table, chaise, canapé, fauteuil, télévision, four à micro-ondes... Robert me renifle longuement : je dois sentir le fleuve, le vent, le soleil, la fatigue et la sueur. Cette fatigue et cette sueur qui disent que la vie et le corps sont là pour être usés, et non le contraire, pour être protégés ou épargnés. Je ne sais pas si c'est la vie que je veux vivre — je me souviens que Yann m'avait posé cette question, somme toute assez stupide parce que c'est toujours après, avec le temps, qu'on comprend vraiment ce qu'on a vécu — mais je suis contente d'être là. Et je vais prendre une douche, m'habiller et aller danser : je vais continuer à user ma vie et mon corps.

Plus tard, à la milonga de *Viejo Correo*, je repense à Fabian ; je me rends bien compte que mon regard s'enfuit par moments sur le rideau rouge à l'entrée, comme s'il voulait vérifier qu'il n'était pas en train d'arriver. Non, non, il n'est pas en train d'arriver, il n'est pas assis à une table au fond, il n'a pas commandé une bière, il n'est pas en train de m'observer. Pourtant c'est une milonga qui me plaît. Décentrée, près d'un grand parc, il faut prendre presque toute la ligne de *colectivo* numéro 92 — un de mes bus préféré — pour y aller. Le sol n'est pas en bois, mais carrelé en noir et blanc ce qui n'est pas le plus agréable pour danser. Mais l'endroit est chaleureux, les toilettes sont un vrai salon de beauté et il n'y a pas beaucoup de touristes ; en tout cas, *por suerte*, l'horrible petite Française n'y est pas. En revanche, il n'y a presque que des vieux. Je vois la tête de Natacha, ou même de Gaby et Giovanna si je leur disais : « J'ai dansé avec des vieux. Les petits, les grands, les gros, les chauves ou bien les cheveux teints, parfumés à l'eau de toilette bon marché. Et j'ai adoré ça... » Parce que le tango est une danse qui mûrit avec le temps. Ce sont les vieux, les Silvio, les Jorge, les Bernardino qui dansent le mieux. Coco Dias est encore trop jeune pour ça. Et puis c'est un maestro, il veut se montrer, il veut de la lumière et des applaudissements, même s'il dit que ce n'est pas vrai. Les Silvio, les Jorge, les Bernardino n'ont jamais cherché la lumière et les applaudissements. Ils dansent tous les soirs dans ces milongas décentrées. Ils répètent depuis toujours les mêmes pas. Sauf que maintenant ils savent que leur vie — la seule vie que nous ayons — touche à sa fin. Alors ils repensent à tout ce qu'ils ont désiré et n'ont pas eu, à tout ce qu'ils ont voulu faire et n'ont pas fait, aux déceptions et aux trahisons, aux amours déçues, aux bonheurs envolés, forcément, parce que les amours et les bonheurs s'envolent toujours, et ils le mettent dans leur danse. Et j'ai envie de leur dire merci après chaque tango, tout en lançant un regard vers la porte pour voir si Fabian n'est pas arrivé.

Vers minuit, je fais comme me le suggère Silvio : je vais à une autre milonga, à *Niño Bien*, une grande salle à l'autre bout de Buenos Aires qui possède un très beau parquet. C'est important, le sol, crois-moi, *corazón*, très important, me dit-il en partant. Je partage le taxi avec un Irlandais, le seul vrai touriste qui est venu ce soir à *Viejo Correo*. Il s'appelle Jim, il a trente-cinq ans, des cheveux roux et des taches de rousseur partout. Et il adore le tango. Ça fait six mois qu'il est à Buenos Aires, il danse tous les jours, prend des cours l'après-midi et va aux milongas la nuit. Il va rester encore un mois ou deux, en tout cas, il ne veut pas revenir chez lui avant de savoir danser parfaitement. Je ne lui dis pas qu'il lui faudra bien plus que quelques mois, il le comprendra tout seul, à un moment donné, je préfère qu'on parle d'autre chose. Ou même qu'on ne parle pas, voilà, je suis devenue assez taciturne depuis que je suis à Buenos Aires. On peut tout simplement regarder la ville qui file devant nous. Mais il insiste, il veut tout savoir, les cours, les leçons particulières, les professeurs... On est quand même à la source du tango, on a la chance inouïe de pouvoir être là et danser avec de vrais Argentins, est-ce que je ne suis pas d'accord avec lui, est-ce que je ne suis pas tombée amoureuse de cette ville, moi aussi ?

Comme nous arrivons ensemble à la nouvelle milonga, on nous place à la même table au fond de la salle comme si on était en couple. Jim est content, il aime bien venir accompagné, dit-il. Et moi ? demande-t-il. Moi ? Je ne réponds pas. J'aurais préféré être assise toute seule, ça va de soi, on n'invite pas les femmes accompagnées. Mais j'ai déjà beaucoup dansé et j'aime bien regarder autour de moi ; et puis c'est la première fois que je viens ici. Je ne connaissais pas cette grande salle qui fait penser à un vieux restaurant, avec bar, nappes blanches, ventilateurs au plafond ; et un très beau parquet, c'est vrai. Nous commandons deux coupes de champagne. Jim est content d'avoir pris le taxi avec moi et de partager la même table. Il en a plus qu'assez de baragouiner son mauvais espagnol, il peut enfin s'exprimer normalement dans sa langue maternelle, d'ailleurs c'est pour ça qu'il parle autant, il espère que je l'ai compris, n'est-ce pas. Oui, bien sûr que j'ai compris, je suis aussi traductrice et interprète, habituée à jongler avec les langues. Il me trouve charmante en plus, c'est ce qu'il dit, charmante. Est-ce que je veux aller danser cette série de milongas avec lui ? Non, non, merci, on dansera plus tard, j'ai envie de boire tranquillement ce verre et d'observer le monde autour de nous ; j'adore regarder les gens danser.

C'est quand je reste seule à table, quand je veux justement boire mon verre de champagne (enfin, une sorte de mousseux douceâtre) que je sens une main se poser sur mon épaule et une tête s'approcher de la mienne.

— Bailarina...

Il me regarde, il me sourit.

— Fabian... Qu'est-ce que tu fais là ?

Il continue à me sourire, il ne va évidemment pas répondre à une question aussi stupide.

— Tu n'es pas toute seule ? demande-t-il.

— Non... Enfin oui...

— Moi aussi...

— Quoi ?

— Moi non plus je ne suis pas tout seul. Mais on peut quand même danser quelques tangos tous les deux... Qu'est-ce que tu en penses ?

— Mhmm...

— Plus tard ?

— Plus tard.

Il pose de nouveau sa main sur mon épaule, puis se lève et s'éloigne comme il est venu, sans bruit. Je ne me retourne pas sur lui. Je bois le mauvais champagne qui finalement n'est pas si mauvais que ça, d'ailleurs j'en voudrais bien encore, puis quelque chose à manger aussi parce que je commence à avoir faim, en tout cas je tremble de partout. Ou c'est peut-être à cause de Fabian que je ne pensais pas voir ici. Je l'attendais sans l'attendre toute la soirée et au moment où je ne l'attendais plus, il est apparu derrière moi comme... comme je ne sais pas. Alors il faut que je me calme, il faut que je mange quelque chose parce que la nuit sera encore longue. Je peux aller même danser avec Jim le Rouquin, ainsi au moins se taira-t-on pendant dix minutes.

Fabian est assis à l'autre bout de la salle, avec une blonde très élégante, le dos nu et beaucoup de bijoux. Lui aussi est un peu plus élégant que d'habitude, enfin, il a le même pantalon avec une chemise blanche, qui lui va bien. Il bavarde, il regarde, il boit une gorgée d'alcool. Je vois qu'il me voit, quand avec Jim je passe à proximité de leur table, parce que pour une fois je ne ferme pas les yeux. Et je vois aussi que plus tard, quand ils se lèvent à leur tour et se retrouvent sur la piste, il me regarde au loin comme je le regarde. Et même quand je ferme les yeux, je le vois encore.

— Ça va ? demande Jim le Rouquin entre les deux tangos.

Il est content, ça se voit. C'est plutôt un bel homme, grand, bien bâti, avec les traits réguliers d'un garçon de bonne famille catholique. Il a chaud et la sueur perle sous ses yeux comme de petites larmes. Si je n'avais pas envie d'être à la place de la blonde dans les bras de Fabian, je l'aurais regardé avec plus d'intérêt, c'est sûr, même s'il lui faut encore des années pour bien danser. Bien que ce ne soit pas qu'une question de temps. Je pense qu'on naît avec ça, on l'a dans la peau comme Coco Dias. Ou Fabian, oui, lui aussi a ça dans la peau, ça se voit tout de suite ; il aime danser, il se raconte en dansant.

— Ça va, Valery ? Tu vas bien ? répète Jim.

Je fais « oui » avec la tête, je lève la main et essuie les petites larmes de sueur sous ses yeux. C'est peut-être le mauvais champagne, ou la journée sur le fleuve ou le regard de Fabian ou même lui, Jim le Rouquin avec les minuscules perles transparentes sous les yeux, mais c'est ça : ça va, je vais bien, merci, je vais très bien.

Plus tard, quand je me retrouve enfin en face de Fabian, sur la piste, et qu'il me pose la même question, je ne réponds pas tout de suite.

— Alors, Bailarina... Qu'est-ce qu'il y a? demande-t-il.

— Tout à l'heure, en rentrant à la maison, il y avait un homme qui attendait devant l'immeuble, appuyé contre l'arbre. J'ai pensé que c'était toi.

— Moi?

Il est étonné, c'est normal. Je ne sais pas pourquoi je suis allée lui raconter ça; je réfléchis toujours quand c'est trop tard.

— Mhmm...

Il prend ma main et la garde quelques instants dans la sienne avant de la poser sur son épaule. Je sens que le temps va prendre une autre dimension, la nôtre, et qu'on va oublier tout le reste. Je pense soudain à Coco Dias et à ce qu'il m'a dit, un soir, à la Porte Dorée. Il m'a dit de prendre toute la douceur que j'avais en moi pour la mettre dans le tango que j'allais danser avec lui.

34

Le lendemain, il vient me chercher en taxi.

— Balérie, c'est moi. Je t'attends en bas de ton immeuble. On va dans mon *barrio*... Habille-toi de la manière la moins voyante possible, parce que ça peut être dangereux, tu le sais bien... Et dépêche-toi..., dit-il, sans autre forme de préambule.

Je ne réponds même pas, je commence à le connaître. À Paris, il faisait la même chose : il me donnait des rendez-vous au dernier moment, ou bien il m'appelait pour me dire qu'il était à la Porte Dorée ou ailleurs, et que je devais me dépêcher, c'était important. J'avale donc un café, je donne à manger à Robert, je mets ma vieille jupe mauve, un tee-shirt et mes tennis — c'est ce que j'ai de moins voyant —, je prends mon cahier couleur sable et je dévale les marches deux par deux parce que l'ascenseur ne marche pas. Il y a effectivement un taxi garé devant mon immeuble, dans lequel attend le héros de mon roman, sur son trente et un comme d'habitude.

— Tu ne m'as pas dit qu'il fallait s'habiller d'une

manière la plus normale, c'est-à-dire non voyante ? Que c'était dangereux ?

Il me regarde comme s'il ne voyait pas de quoi je parlais ; peut-être devrais-je comprendre une fois pour toutes que son costume rayé, sa chemise blanche avec la pochette assortie, plus lunettes de soleil, cheveux impeccables, est sa manière la plus normale, la plus discrète de s'habiller à Buenos Aires.

— C'est dangereux pour toi. Moi je suis de là-bas. Ferme la porte, s'il te plaît.

Je ferme la porte ; le chauffeur, qui ne comprend rien à ce qu'on dit, démarre enfin. C'est donc dangereux pour moi et non pour lui parce que lui est de là-bas. J'essaye de me souvenir de ce que j'ai écrit dans mon cahier sur « là-bas », sur la Correa, comme on appelle son bidonville. Déjà seul le mot effrayait ; si Coco disait qu'il vivait à la Correa, les gens prenaient peur. Comme ils avaient peur de venir danser dans le quartier : on n'était jamais sûr d'en sortir vivant. Il suffisait d'un geste déplacé, un coup d'œil trop significatif à une fille du quartier pour repartir avec un couteau entre les côtes. Autre chose : les chiens errants, des meutes de chiens. Coco, en partant le matin pour le travail, prenait un bâton avec lui et remplissait ses poches de cailloux pour s'en défendre. Encore autre chose, qui n'a rien à voir avec tout ça : un grand sens de la solidarité et de la chaleur humaine. Il se souvient d'un gamin qui un jour débarque dans le quartier, seul, sans famille, abandonné. On lui trouve une vieille voiture pour dormir, on lui donne à manger, on le protège, on l'adopte peu à peu, en lui trouvant un surnom

— Tortuga — parce qu'il se déplace comme une tortue. D'ailleurs, Tortuga restera dans le quartier, il se mariera... Il y vit toujours.

Je regarde la banlieue de Buenos Aires, qui, avec un décalage de dix ans, ressemble à toutes les banlieues de grandes villes. C'est une journée ensoleillée de début d'automne, avec un air lourd et menaçant, et je vais enfin voir le *barrio* dont Coco Dias me parle depuis que je le connais, il va y avoir bientôt huit mois. Et soudain je ne sais pas si je dois avoir peur ou non.

Le taxi quitte la grande route pour traverser un lotissement de maisons de plus en plus modestes et sommaires. En jetant un coup d'œil à Coco, je comprends que nous sommes en train d'arriver.

— C'est ici..., dit-il enfin.

Je le suis dans une de ces maisons basses et exiguës où nous attend Esther, une femme à la peau basanée et au visage typé qui commence à préparer la table — non, non, pas deux assiettes, s'il vous plaît, je n'ai pas faim — en donnant les nouvelles de la famille. Par la suite je comprendrai que Coco non plus n'avait pas faim. Il avait commandé ce repas pour prévenir de notre venue, pour faire répandre la nouvelle et ne brusquer personne : Coco, Coquito va passer l'après-midi dans son ancien quartier, en compagnie d'une petite Française ; ils vont faire un tour, il va lui montrer le quartier, ils vont voir Ocho Cuarenta, puis repartir tranquillement, sans déranger personne, ce sera tout.

Quand il commence à manger et qu'Esther allume la télé, comme si ça allait ensemble, un grand gaillard entre et s'assied à table avec nous. Il a un tee-shirt jaune très moulant et une chaîne en or autour du cou. Je ne comprends pas tout ce qu'il dit. C'est un voisin. Il vient de sortir de prison. Il travaille pour Ocho qui n'est pas chez lui. Non, non, il n'est pas là, répète-t-il. On ne sait pas où il est. Il y a quelques jours, la police a fait une razzia dans le quartier. Ils sont venus en grande pompe, hurlements de sirène, les voitures partout. Tout ça pour arrêter Ocho qui avait été prévenu à temps. Ils ont mis sa maison sens dessus dessous, puis sont repartis.

— On ne le verra donc pas ?

— Non..., dit le grand gaillard.

— C'est vrai ?

Coco me lance un regard en coin pour me dire de me tenir tranquille. Pourtant le grand costaud est affable et disponible. Il veut bien nous inviter chez lui, dit-il. Puis nous accompagner, faire attention à nous, veiller à ce que ça se passe bien, ce qu'il ne dit pas, mais se devine à son sourire. Coco mange sans trop de conviction une cuisse de poulet en sauce avec des pâtes, en posant des questions que je ne comprends pas. Il parle beaucoup mieux l'argot, la langue de la rue, que l'espagnol, m'a expliqué Raul pendant le déjeuner en famille. Il peut parler pendant des heures sans que tu le comprennes, a-t-il dit.

C'est en sortant de ce restaurant improvisé chez Esther, en avançant dans la rue, que je commence à comprendre où nous sommes. Il y a des gens dans la rue, disposés en longue grappe. Ils sont là, appuyés contre les vieilles voitures, ou assis par terre, sans but, désœuvrés, drogués. Jeunes pour la plupart, le regard vide, hagard, halluciné.

Tous abîmés, cassés, finis... « C'est de la mauvaise drogue, la moins chère... », murmure notre grand gaillard, lui-même dealer et consommateur de cocaïne. Il échange quelques phrases avec eux, que je ne comprends pas. Quelqu'un passe à bicyclette, plus âgé, avec le même regard vitreux. « Coquito, c'est moi... », dit-il. Coco lui serre la main, mais n'a pas l'air de le reconnaître. « Viens, me dit-il, ne restons pas là. »

Quelques chiens errants se mettent à nous suivre, contents de trouver une occupation. Nous marchons en silence dans la rue et le long des épaves de voitures qui semblent être là depuis des décennies. Il n'y a presque personne dehors, nos pas résonnent sur l'asphalte défoncé. Toujours suivis par les chiens, nous prenons une autre rue, qui ressemble à la précédente, les mêmes épaves, les mêmes maisons construites en dur et avec des matériaux bon marché à la place des *ranchos.* « Il n'y a pas de travail, nous sommes livrés à nous-mêmes... », dit le grand costaud, comme s'il voulait interrompre le silence et perturber l'écho de nos pas. Coco ne dit rien ; avec son accoutrement chic, il semble lui aussi venir d'une autre histoire. Il s'arrête devant une de ces maisons basses, construites à la va-vite.

— C'était ici, notre premier *rancho.* C'est ici que nous sommes venus avec ma mère. Sauf qu'à cette époque, il n'y avait rien... Pas d'électricité, pas d'eau... Des terrains vagues, de la boue, des *ranchos* partout... Plus tard on s'est organisé en coopérative pour acheter la terre, pour construire une maison en dur. Pour pouvoir vivre à peu près normalement.

Je me souviens de la photo qu'il m'a montrée à la Porte Dorée, la seule photo de sa mère qu'il possède, une photo de groupe en noir et blanc : une rangée de jeunes adultes debout, cinq, six personnes, des voisins, avec un gamin à leurs pieds, jouant par terre, sur un terrain vague à perte de vue. Flora est petite, vigoureuse, elle sourit pour la photo ; elle vient de débarquer dans le quartier, il faut qu'elle soit courageuse, il faut qu'elle s'en sorte, pour elle et pour ce gamin à ses pieds, elle n'a pas d'autre choix. Et le samedi, avec ses voisins, elle va aller danser le tango, pour se distraire, pour penser à autre chose qu'à cette vie difficile. Et ce fils qui joue à ses pieds, beaucoup trop attaché à sa mère comme souvent dans ce genre de famille sans père, il va faire la même chose : il va aller danser, pour ne pas sombrer dans la délinquance, pour avoir quelque chose à lui qu'on ne pourra pas lui enlever. Et plus tard quand sa mère ne sera plus là, il partira, comme ces héros du tango : ils partent parce qu'ils n'ont plus aucune raison de rester, puis reviennent, les tempes grisonnantes, sentant que la vie est un souffle, que vingt ans c'est rien, comme chante pour toujours Carlos Gardel.

— Est-ce que tu connais Gauchito Gil ? demande notre gaillard en tee-shirt jaune, pour qu'on pense à autre chose et qu'on bouge d'ici.

— Qui ?

— Viens ! Je vais te montrer quelque chose.

Toujours suivis par les mêmes chiens, nous contournons un terrain qui pourrait être un terrain de foot à l'abandon, puis nous arrêtons à côté d'un banc et quelques vieilles voitures hors d'usage pour ne pas dire « épaves » encore une fois.

— C'est lui... C'est notre saint. Il nous protège, il veille sur nous. Enfin, il fait ce qu'il peut...

Je m'approche d'une boîte en verre, posée sur un grand socle en béton. Je ne comprends pas tout de suite qu'il s'agit d'un sanctuaire à la gloire de Gauchito Gil, saint vénéré par les petites gens, les déclassés, les rebelles de toutes sortes, tous ceux que la société a poussés dans les endroits hors du monde comme celui-ci. S'il n'avait pas été posé ici, dans ce lieu de désespoir et de désolation, j'aurais pu le prendre pour une installation comme en fait Claude Abaco dans mon ex-*Chef-d'œuvre*. Parce que ce n'est pas tellement autre chose : c'est une accumulation d'objets humbles et sans valeur, disposés avec un ordre subtil et mystérieux autour de la figure de Gauchito Gil : cigarettes, cailloux, fleurs séchées, morceaux de sucre, bouts de tissus, bouts de papier...

— Tu veux lui demander quelque chose et rester un moment toute seule avec lui ? demande notre ange gardien en tee-shirt jaune.

C'est ça, je veux rester encore un peu devant cette incroyable œuvre d'art qui ne se revendique surtout pas comme telle. Il faut que tu comprennes : ce n'est rien, c'est un cube en béton, une boîte en verre, puis des cigarettes disposées comme des rayons blancs autour de la figure du petit saint, confectionné en bois et en tissu rouge et bleu. Et pourtant ça marche, je veux dire que cette âpre, cette modeste et mystérieuse beauté s'adresse tout entière à moi, elle me bouleverse, elle lave mon regard et ouvre mon cœur. Je vois que Coco et le grand gaillard commencent à s'impatienter, mais je n'arrive pas à en détacher les yeux et je n'ai pas envie de m'en aller. Et je suis sûre, je mets ma main au feu que c'est ce qu'Agathe appellerait chef-d'œuvre.

35

Nous continuons à marcher, laissant son *barrio* et notre grand gaillard en jaune loin derrière nous. Nous sommes dans la banlieue normale maintenant, avec des commerces, des bistros, des gens qui vaquent à leurs occupations... Il fait chaud et de plus en plus lourd ; Coco a enlevé sa veste et marche depuis quelque temps sans rien dire. Il a l'air fatigué. Moi aussi je me tais, je ne demande même pas où l'on va. « Ça doit être là..., dit-il enfin, en sonnant à une porte. Ou peut-être pas... Je ne sais plus... » Si, c'est là qu'habite Catamarca, ex-femme d'Ocho, une fille de son quartier, une vraie beauté selon Coco, devenue à cinquante ans une femme laide et bouffie. Elle nous regarde comme si on tombait du ciel, elle dormait, nous l'avons réveillée. Coco comprend tout de suite que ce n'est pas à cette adresse qu'on va trouver Ocho ; mais maintenant que nous sommes là, il faut bien entrer. Catamarca a l'air contente de revoir Coquito, elle ne se souvient même pas quand elle l'a vu la dernière fois. Il n'a pas beaucoup changé, dit-elle. Elle va préparer un *mate.* Non, non, Coco ne boit pas de *mate*, il veut un thé, un thé normal. Pendant qu'elle va faire chauffer de l'eau, il me raconte qu'Ocho et Catamarca ont formé un beau couple quand ils étaient jeunes. Un couple qui n'a pas tenu longtemps, bien qu'ils soient restés proches et qu'ils se voient régulièrement. Catamarca fait comme notre grand gaillard en jaune : elle détaille la cocaïne et en consomme. D'ailleurs il faut que je sache qu'il y a beaucoup de drogue dans le tango, surtout parmi les danseurs. Il y en a toujours eu. Tous les grands danseurs de tango faisaient un usage immodéré de l'alcool et de la cocaïne. Et ça continue. Dans toutes les milongas de nuit de Buenos Aires, on peut trouver de la cocaïne. Il faut que tu ouvres les yeux, Balérie...

Catamarca revient avec trois tasses et une photo en noir et blanc ; elle et Ocho (elle ne dit pas Ocho, bien sûr) quand ils avaient vingt ans et commençaient juste à sortir ensemble, dit-elle. Coco la connaît, il était avec eux quand elle a été prise. Je la regarde longuement : ainsi je vois Ocho au moins en photo, si ce n'est pour de vrai. Il est plus mince que je ne croyais : un svelte jeune homme en chemise blanche, une mèche de cheveux blonds dans les yeux. Catamarca a de longues jambes et des cheveux noirs jusqu'aux fesses. C'est vrai qu'ils sont beaux tous les deux : ils sont beaux et innocents. Coco boit son thé. Cette fois, il n'a rien à tremper dedans. Il a l'air épuisé, il aimerait s'en aller, être ailleurs. Mais Catamarca voudrait danser un tango avec lui. Il peut faire ça pour elle, non, dit-elle. Bien sûr il peut faire ça, répond-il sans enthousiasme.

Plus tard, après le tango et un autre thé et quand Coco n'en peut vraiment plus, Catamarca nous trouve une voiture, qui va nous servir de taxi, pour nous ramener à Buenos Aires. Quand on passe devant la gare, Coco demande au chauffeur de s'arrêter un moment : c'est là, devant la gare José León Suárez, qu'il cirait les chaussures quand il était petit. Et c'est là, sur cette avenue, que son ami Mano Santa l'a posé par terre, sur la chaussée, quand il se vidait de son sang et que ses heures étaient comptées. Je regarde l'avenue pleine de voitures à cette heure-ci quand les gens retournent chez eux, en banlieue. Je ne sais pas quoi dire. Il fait chaud. Et puis je commence à avoir faim.

— Balérie..., dit-il au bout d'un moment.

— Oui ?

— Est-ce que je peux mettre la tête sur ton épaule ?

Sans attendre il s'approche encore un peu plus et pose sa tête sur mon épaule. Je ne bouge pas. Il s'endort presque instantanément ; les émotions fatiguent, et la visite du quartier de son enfance en a été une, c'est sûr. Le chauffeur me jette un coup d'œil amusé dans le rétroviseur. « Est-ce que vous voulez qu'on passe par Palermo et avenida Libertador ? » me demande-t-il. Oui, c'est ça, passons par Palermo et ses rues hasardeuses avec le coucher de soleil au fond, comme dit Borges, c'est une bonne idée.

Je continue à regarder par la fenêtre de la voiture pendant que Coco Dias dort sur mon épaule. On approche cette heure magique où la lumière commence à décliner et les immeubles, les arbres, les parcs deviennent des silhouettes. Sauf que, ce soir, l'air est lourd et le ciel hésite entre le bleu foncé et le gris sombre. Je n'ai pas pensé qu'un jour, à Buenos Aires, le héros de mon roman s'endormirait sur mon épaule et que ce serait moi qui déciderais du chemin à prendre dans cette vaste ville. Je n'ai pas pensé non plus qu'on serait aussi proches l'un de l'autre, que je veillerais sur son sommeil comme si j'étais sa grande sœur et que lui s'abandonnerait comme mon petit frère.

Mais ce n'est pas pour ça que la grande sœur connaît les secrets du petit. Je sais bien qu'il me raconte ce qu'il veut bien me raconter, et me montre ce qu'il veut bien me montrer. C'est ce qu'il a appris dans son *barrio* : il faut rester sur ses gardes, ne pas faiblir, ne pas faire confiance. Et si on écrit sur toi, c'est une raison de plus. Qu'est-ce que je sais vraiment de lui ? Qu'il est toujours en retard. Qu'il a besoin de faire une collation l'après-midi, un thé avec quelque chose à tremper dedans, ça le rassure. Qu'il a eu une enfance misérable et violente dans un bidonville, ce qui implique une possession plus immédiate de la réalité, une saisie plus directe de l'âpre saveur des choses (comme dirait Borges). Qu'il peut être coléreux, voire violent... Qu'il a commencé à travailler à neuf ans et a été trop attaché à sa mère. Qu'il s'est sauvé grâce au tango... Qu'il en a fait un art, son art, parce que personne ne peut dire comment on doit le danser : vous le sentez, vous le dansez, c'est une création, a déclaré Petróleo, un illustre danseur de tango, Carlos Estevez de son vrai nom, que Coco apercevait devant les hippodromes quand, gamin, il vendait ses revues hippiques. Qu'il aime les femmes et n'est pas ce qu'on appelle fidèle... Qu'il comprend tout de suite à qui il a affaire et s'il peut lui être utile. Qu'il sait se montrer désintéressé et délicat, même si ce n'est pas le prince Mychkine, loin de là. Qu'il ne sait pas qui est le prince

Mychkine et que ce n'est pas grave... Mais est-ce qu'on connaît jamais vraiment quelqu'un ? Ne restons-nous pas une fiction les uns pour les autres, même quand nous croyons être très proches et nous endormons côte à côte ? Je pense que je dois être fatiguée, moi aussi, parce que je suis en train de ressasser les choses qu'on sait tous, c'est-à-dire qu'on ne connaît jamais vraiment quelqu'un, même s'il est le héros de notre roman et qu'il dort sur notre épaule.

Oui, je suis fatiguée, c'est sûr. Parce que quand nous nous arrêtons enfin dans ma rue, quand je réveille Coco Dias pour lui dire que ça y est, je suis arrivée, que je l'embrasse sur la joue, que je sors de la voiture et que je traverse la rue pour aller jusqu'à mon immeuble, je ne vois pas que quelqu'un m'attend devant la porte, appuyé contre un arbre.

36

— Bailarina ?

Mon prénom se prête à toutes sortes de variations. J'ai été Val, Vali, Valery, Balérie... Et maintenant Bailarina. Il y a une seule personne qui m'appelle comme ça. Elle est là, à deux mètres, appuyée contre l'acacia, me regardant de la tête aux pieds avec un air étonné. Il faut dire qu'avec mes habits les moins voyants possible, mes tennis sales et mes cheveux ébouriffés, je ne ressemble pas vraiment à une ballerine de tango.

— Qu'est-ce que tu fais là, Fabian ?

— Tu vois bien. Tu m'as donné une bonne idée la dernière fois. Mais je ne savais pas que ce serait aussi long. Ça fait à peu près une heure que je t'attends.

Je m'approche de lui. Je pose mon bras sur son cou comme si on allait danser un tango. Je sens que je tremble légèrement comme chaque fois que je le vois et que je l'enlace.

— Qu'est-ce qu'il y a ? murmure-t-il à mon oreille.

— J'ai faim.

Il éclate de rire.

— Tu es drôle, Bailarina. Est-ce que tu le sais ?

— J'ai vraiment faim, Fabian. Je n'ai rien avalé depuis ce matin. Est-ce que tu veux venir manger avec moi ?

— J'ai pensé qu'on allait faire autre chose.

Cette fois, c'est moi qui éclate de rire. Je ne sais pas si c'est Gauchito Gil qui a deviné mes désirs, mais c'est tout ce dont j'avais envie pour cette nuit. Qu'est-ce que je peux vouloir de plus ? Il y a un homme qui m'attend devant ma porte, il s'avère être le seul avec qui j'ai envie de danser et faire l'amour ; et si je comprends bien, c'est à peu près ce qu'il vient de me proposer. Pour une fois que les choses se passent comme je veux et qu'il suffit de dire « oui »... Alors je vais me laver en vitesse, je vais mettre ma robe orange, je vais prendre mes chaussures de tango dans mon sac. Puis on va aller manger. Et après on va faire autre chose, comme il vient de le dire.

— Tu me donnes cinq minutes pour me préparer ? Non, dix. Dix, pas plus.

— Je vais aller boire une bière au coin. Il fait trop chaud aujourd'hui. Trop lourd... Je t'attends au bar. Mais prends ton temps... Ne te presse pas...

Quinze minutes plus tard — j'ai regardé l'heure — je franchis la porte du bar au coin de ma rue. Fabian est assis à une table près de la fenêtre, en train de dessiner distraitement sur un bout de papier. Yann aussi dessine chaque fois qu'il a cinq minutes devant lui, quoique ça doive être à peu près tout ce que ces deux hommes ont en commun. Mais est-ce que Fabian me plairait si je n'avais pas d'abord dansé avec lui ? Est-ce qu'il me plairait si je venais de l'apercevoir dans ce modeste bar de quartier, assis près de la fenêtre, en chemise bleue et en vieux jean, en train de dessiner sur le dos d'une publicité ?

Je m'assieds sur le banc à côté de lui. Absorbé dans son dessin, il ne lève pas le regard. Sa main libre glisse sur ma taille comme s'il voulait s'assurer que c'était bien moi. Je sens que ma peau frissonne sous sa paume.

— Qu'est-ce que tu veux boire ? dit-il, toujours sans se tourner vers moi.

— La même chose que toi.

— Prends quelque chose à manger avec. C'est moi qui t'invite.

— J'ai pensé qu'on pourrait aller dîner au restaurant. Et que ce serait moi qui t'inviterais.

— Non, c'est moi. Pour une fois que j'ai de l'argent. Ça ne m'arrive pas souvent. Il faut qu'on en profite. J'ai beaucoup dansé ces derniers temps.

Ce n'est que maintenant qu'il lève ses yeux vers moi. Je pense qu'il me plairait si je le voyais pour la première fois. J'aimerais son profil d'hidalgo madrilène, son front têtu de Sicilien, ses cheveux noirs d'Indien peignés en arrière, son charme de macho argentin. J'aimerais cette façon qu'il a de savoir qui il est, même s'il n'a rien dans les poches, de sortir dans la rue et de se sentir comme un prince. Et ce que j'aimerais le plus — et je pense que toutes les femmes doivent aimer ça, si elles veulent bien se l'avouer — c'est ce regard franc et conquérant, ironique et joueur, et — si on le soutient assez longtemps — un peu triste.

— Parce que tu te fais payer pour danser ? La blonde avec qui tu étais la dernière fois...

— Une Danoise. Une prof de l'université. Une femme très agréable, très élégante. Elle ne veut pas aller danser toute seule. Elle a peur de ne pas être invitée.

— Et la jeune fille avec la queue-de-cheval ?

— Elle, ce n'est pas la même chose. C'est une élève. Je lui donne un cours de temps en temps. Elle vient de loin, alors je l'invite à danser après.

— Tu couches avec elles ? Avec les touristes ?

— Je vais coucher avec toi. Si tu veux bien. Tu es une touriste, toi aussi...

— Non, je ne suis pas une touriste...

— Tu es quoi ?

Je bois quelques longues gorgées de bière. C'est vrai qu'il fait lourd, aujourd'hui. Et je n'ai pas seulement faim. J'ai soif aussi. Et j'ai soudain envie de pleurer. Ça doit être la fatigue, la longue journée avec Coco. Puis le fait que, tout compte fait, je ne comprends rien aux hommes. Ça ne se passe jamais comme je l'imagine. Je suis toujours à côté de la plaque.

— Bailarina...

— Je m'appelle Valérie. Valérie Nolo. Je suis...

— Tu es écrivain. Tu vis à Paris. Tu as un fils...

— Comment le sais-tu ?

— C'est Silvio Kantor qui me l'a dit.

— De quoi il se mêle, celui-là... Vous êtes tous pareils !

— Écoute-moi...

— Non...

— Si, écoute-moi, Bailarina. Moi aussi j'ai des enfants. J'ai deux filles. Elles ont six et huit ans. Leur mère ne veut plus vivre avec moi. Autrement dit : elle m'a quitté. J'ai perdu mon travail après la grande crise, il y a cinq ans. J'ai été dessinateur industriel. Ce n'était pas extraordinaire comme travail, mais on pouvait en vivre. Je voulais faire autre chose, mais ça ne marchait pas. Ça n'allait pas du tout. Je ne suis pas très bon pour trouver du travail. Ce n'est pas facile non plus dans ce pays, crois-moi, surtout après quarante ans. Alors j'ai essayé le tango. J'ai toujours aimé ça, danser. Je danse pour les mariages. Je danse quand il n'y a pas assez de danseurs comme l'autre après-midi à Maipú. Je danse avec des Danoises... Elles se passent mon numéro entre copines. Et puis avec toi quand je peux. Parce que ça me plaît. Ça me plaît beaucoup... J'ai aimé ça tout de suite, la première fois. Tu danses bien. J'aime bien comment tu t'appuies sur moi. Tu n'as pas peur. Tu y vas franchement. Avec le cœur... Tu dois avoir un bon maestro... Pourquoi tu souris ?

Je n'ai pas souri. Ou bien c'était sans le vouloir, en pensant soudain à Coco Dias. Il faudra que je lui rapporte ce que je viens d'entendre.

— Pourquoi tu ne me réponds pas ? Ça fait longtemps que je n'ai pas parlé autant.

Je bois le restant de la bière. Et je vais en commander une autre pendant que j'y suis. Comme ça au moins je resterai légère et à la surface comme la mousse.

— J'espère que je ne t'ai pas attendue pendant une heure devant ta porte pour que tu me fasses la tête, Bailarina. Regarde-moi... Qu'est-ce qu'il y a ? Mais tu pleures...

— Non, non...

— Si...

— Si je te dis que non... Je déteste ça. Je déteste les femmes qui pleurent pour un rien.

— Bailarina...

— Hmm...

— Regarde-moi...

— Non...

— Tu veux qu'on aille danser ? À *El Beso*, par exemple. Tu connais ?

Je voudrais commander une autre bière avec beaucoup de mousse, s'il vous plaît.

— Non, tu as raison. On va aller d'abord manger, et ensuite danser. J'adore ta robe. Je l'ai vue dans le reflet de la fenêtre quand tu es entrée. Je voudrais qu'on me voie danser avec la femme qui porte cette jolie robe. Et je ne parle pas de ses jambes... Ni du reste d'ailleurs... Je t'en parlerai après et en détail... Tu veux bien, Bailarina ?

Non, je crois que je ne vais pas commander une autre bière.

37

Cette fois je ne mets pas ma fleur rouge sur la poitrine. Je m'habille normalement, ni de manière invisible comme quand on est allé dans son *barrio,* ni le grand tralala comme pour le déjeuner en famille : ma jupe bleue avec boutons nacrés, un tee-shirt, mes sandales vert pomme. Et mon cahier couleur sable dans mon sac, dans lequel (le cahier, sur les dernières pages blanches) j'ai inscrit trois chiffres avant de descendre dans la rue : 840.

— Qu'est-ce qui t'arrive, Balérie ?

— Pourquoi ?

— Tu es très jolie aujourd'hui.

On voit que je ne suis pas habituée aux compliments. Au lieu de pousser un cri de joie ou de lui sauter au cou, je me demande si l'humeur galante du héros de mon roman, assis à côté de moi dans le taxi comme souvent ces derniers temps, n'est pas due plutôt au fait que notre histoire touche à sa fin et que dans quelques jours il nous faudra revenir à Paris. Ou plus simplement parce que nous allons enfin voir Ocho Cuarenta et que c'est peut-être la dernière fois que nous prenons un taxi ensemble.

— Ocho m'a demandé si tu étais jolie.

— C'est vrai ? Et qu'est-ce que tu lui as répondu ?

— La vérité... Je dis toujours la vérité, dit-il en croisant les deux index sur la bouche.

— Alors ? Répète-le...

Il n'a pas envie de rigoler aujourd'hui. Pas envie de bavarder non plus, ou remarquer qu'il fait beau, une journée splendide. Tout est lavé, régénéré, comme nouvellement né après le grand orage de cette nuit. Un orage terrible, qui nous a trempés, Fabian et moi, jusqu'aux os et nous a empêchés d'aller danser, mais pas de faire l'amour, ni de parler, ni de finir par nous endormir l'un contre l'autre comme si on n'allait plus se quitter.

Coco a l'air fatigué. Il n'a pas dû dormir beaucoup. Il regarde par la fenêtre, de son côté, les quartiers du centre et du sud de la ville, Once et Constitutión, bien plus pauvres et dégradés que le mien.

— Il se cache dans un hôtel. Il n'a pas la vie facile en ce moment, avec la police aux trousses. J'ai dû insister pour qu'il veuille bien nous rencontrer.

Nous sortons devant un hôtel modeste, pour ne pas dire miteux. Coco me demande d'attendre dans la rue. Au bout de quelques minutes, il me fait signe d'entrer. J'ai soudain quelque chose comme le trac ou la peur ou l'appréhension que ça ne se passe pas bien, que ça ne se passe pas comme je l'ai imaginé. Pourtant je n'ai rien imaginé de spécial. Enfin si, j'ai peur que ça ne soit pas spécial, justement, que ce soit banal et ordinaire et sans intérêt, comme cet hôtel. Depuis tout ce temps que j'attends cette rencontre...

— C'est lui, dit Coco, avec un sourire qui fait briller ses yeux comme quand il était gamin.

Je comprends tout de suite que je n'avais pas besoin de m'inquiéter. 840 est tout sauf banal. Il me fixe avec un petit air amusé et désinvolte comme s'il venait d'apprendre comment on l'appelle et qu'il n'a rien contre ce nom, au contraire. Il porte un tee-shirt blanc et un jean. Il est plus élancé que son ami, maigre, osseux, avec un visage anguleux, masculin, assez dur, insolent même, contredit pourtant par un regard las et presque doux. Il respire avec difficulté. « La cigarette est mon seul vice », me dira-t-il plus tard.

— On va boire quelque chose, non..., murmure-t-il, avec une voix enrouée de fumeur à la chaîne.

Nous nous installons à la table d'un petit café à l'*esquina* de Brasil et Santiago del Estero, fréquenté par les prostituées paraguayennes à moitié dénudées qui travaillent dans le quartier. Je devrais me pincer, laisser tomber un verre ou faire autre chose pour être sûre que je ne rêve pas. Est-ce que je suis vraiment assise en face de celui que j'ai nommé Ocho, Ocho Cuarenta ou tout simplement 840, le héros du héros de mon roman et donc forcément aussi un peu le mien ? Cet homme, assis à côté de Coco Dias et en face de moi, en tee-shirt et jean, encore assez fringant pour ses soixante-deux ans, est-il donc vraiment, lui, pourchassé par toute la police de Buenos Aires qui n'arrive pas à le coincer et encore moins à prouver quoi que ce soit d'illicite à son sujet ?

On nous apporte deux cafés et un thé. Je sors mon cahier. Il n'y a presque plus de place dedans.

— Tu écris donc une biographie de Coquito, *mamita*?

Il le dit avec tellement d'ironie et de malice que je ne ressens aucun besoin de le rectifier.

— Qu'est-ce que tu veux savoir, *mamita*?

Il regarde autour de lui comme s'il voulait s'assurer que tout va bien.

— Le tango... La drogue, ta vie de tous les jours... Est-ce que tu dors bien ?

Il éclate d'un petit rire qui siffle dans ses poumons malades.

— Non, je dors mal. Je paye des jeunes filles pour dormir avec moi. Je ne bande plus, ou bien tout mou... Mais je n'aime pas dormir seul. En plus, je ne peux même pas le faire dans ma maison en ce moment. Ne me dis pas que tu écris tout ce que je dis ?

Coco explique que je fais toujours comme ça : j'écris plus ou moins tout ce qu'on dit. Il y est habitué, lui, on se connaît depuis longtemps maintenant, on se voit une fois par semaine pour parler et pour danser. Ce n'est pas tout à fait vrai. Je n'écris pas tout ce qu'on dit, mais tout ce qui m'intéresse. Le regard d'Ocho, par exemple. J'aime bien comment il me regarde. Alors j'ouvre une parenthèse sur ma page : si un jour quelqu'un s'évertue à s'intéresser à moi de cette façon — peu probable mais on ne sait jamais — je tâcherai de le regarder avec ces mêmes disponibilité et ironie qui veulent dire qu'on peut parler, bien sûr, on peut toujours parler, mais ce n'est pas pour ça qu'il saura vraiment quelque chose sur moi. Je referme la parenthèse, je reviens à 840. Son sifflement dans les poumons. Ses phrases brèves. Pendant longtemps il a essayé de faire comme tout le monde. Il a travaillé quatorze ans dans la même usine de verre que Coco. Puis un jour, il en a eu marre. Il a entamé une autre vie. Il a commençé par faire le *bookmaker* dans les hippodromes. Illégal, bien sûr. Il avait des tuyaux, ça marchait bien, très bien même. Après, il a ouvert un bordel. C'est ça, *un boliche, mamita*, un bordel. Il avait onze filles qui travaillaient pour lui. Coco le sait bien, il est venu le voir plusieurs fois. Et après il s'est mis dans la cocaïne. Il a rencontré quelqu'un qui lui a expliqué comment faire. Il est devenu grossiste. C'est ce qui paye le mieux. Ce n'est pas pour ça qu'il en consomme, ce n'est pas son truc, non. Lui, c'est la cigarette. J'ouvre une nouvelle parenthèse : c'est un voyou qui n'est pas dupe, il sait que les dés sont pipés, la police corrompue et ne parlons pas des politiciens, tous voleurs. C'est ce que m'a expliqué Coco à la Porte Dorée. Il a dit aussi qu'Ocho aidait tout le monde dans le quartier. Il était aimé, respecté, comme toujours d'ailleurs, parenthèse fermée. Quant au tango, c'est une autre histoire. Il a toujours aimé ça. Il a commencé à danser sérieusement vers quinze ans. Il allait dans un bar mercredi après-midi, pour répéter les figures avec les autres danseurs. Pour pouvoir les faire le samedi soir au bal. Les hommes s'entraînaient toujours entre eux. Parce que si on ne dansait pas le tango, on n'était personne, il ne faut pas l'oublier. Coco s'en est sorti grâce au tango justement. Il a montré que c'était possible. Il a montré l'exemple, le petit. Après, les autres ont suivi. Il y avait de bons danseurs dans ce quartier. Beaucoup de bons danseurs qui sont devenus très connus. Mais ils n'étaient pas de la *villa*. De la *villa*, il n'y avait qu'eux. Dans la *villa*, c'était la misère, *mamita*, c'est ça, la misère. Il faut le savoir. J'ouvre une nouvelle parenthèse : il ponctue ses phrases avec « *mamita* ». Je vais demander à Coco ce que ça veut dire exactement.

— Pourquoi tu me regardes ? Pourquoi tu n'écris plus, *mamita* ?

— Je n'ai plus de place dans mon cahier.

— Tu n'as plus de place ? répète Coco.

— Non, c'est fini, il est plein...

— Ça tombe bien. Je ne peux pas rester. J'ai mal aux poumons... Je devrais voir un médecin.

— Oui, tu devrais faire ça..., murmure Coco.

— Je t'ai dit, *mamita*, et j'espère que tu l'as écrit : la cigarette est mon seul vice. On y va ?

Il se lève et fait un signe qu'il va payer plus tard. On l'accompagne jusqu'à l'hôtel. Ocho a peut-être l'air fringant avec son jean et son tee-shirt blanc, mais il a du mal à marcher et à respirer.

— Il faut que je te demande encore quelque chose, lui dis-je à la porte de l'hôtel.

— Oui, *mamita*...

Décidément, j'aime bien son regard, fatigué, trouble, ironique, mais pas indifférent.

— Comment était ton tango ?

Il s'approche de moi comme s'il allait me dire un secret.

— Mon tango ? Qu'est-ce que j'en sais ? Ni bon ni mauvais. Le mien..., dit-il entre deux sifflements.

— Je peux te demander encore quelque chose ?

— La dernière, *mamita*.

— Oui, la dernière.

Je m'approche encore un peu plus de lui. Il est fatigué, ça se voit, il en a assez, il n'en peut plus.

— Est-ce que tu peux me prendre dans tes bras ? Comme si on allait danser un tango tous les deux ?

Il ne me sourit pas ; son regard devient encore un peu plus las. Il glisse sa main dans mon dos, je pose ma tête contre la sienne. Nous restons un long moment ainsi, immobiles, silencieux, si on ne tient pas compte de ce sifflement énervant et triste de l'air qui n'arrive pas à sortir de ses poumons. Quand j'ouvre les yeux, je vois la tête du réceptionniste de l'hôtel qui se demande ce qui nous arrive.

— Pourquoi tu lui as demandé de t'enlacer ? dit le héros de mon roman quand nous nous retrouvons de nouveau dans la rue.

Nous marchons côte à côte dans ce quartier où j'aurais peur de m'aventurer seule. Pourtant je n'ai pas envie de prendre un taxi tout de suite. Je n'ai pas envie de parler non plus. Autour de nous, et comme si elle se moquait, c'est toujours la même journée splendide.

— Tu sais ce qu'il m'a dit quand on partait ? Quand tu es sortie de l'hôtel et que je suis resté un moment tout seul avec lui ?

— Non... Dis-moi.

— Il m'a dit de ne plus l'appeler. Il m'a dit de l'oublier.

38

Je pense à Fabian en marchant. Non, je pense à ce que je vais lui raconter quand je le verrai, ce soir. Nous devons nous retrouver à *El Beso,* là où nous avons voulu aller avant que l'orage n'éclate sur le parc de Recoleta, que d'ailleurs je ne suis pas prête à oublier. Je ne suis pas prête à oublier le moment où sans rien dire, sans nous regarder même, simplement en nous donnant la main, nous avons décidé de ne pas courir — bien que courir ou ne pas courir revenait au même, vu que le ciel s'est déchiré d'un seul coup —, de ne pas nous abriter sous un arbre géant ou devant l'église, mais de traverser le parc, de nous laisser battre par la pluie, non, de nous laisser rincer, laver, nettoyer jusque sous la peau. Je me dis soudain que c'est peut-être ça, l'amour, marcher dans la longue rue Moreno comme je suis en train de le faire, et avoir envie que ce soit déjà le soir pour pouvoir enfin raconter à quelqu'un — à Fabian — ce qui s'est passé dans la journée.

Ma rencontre avec 840, par exemple. Ça ne m'arrive pas tous les jours de rencontrer un caïd de la drogue en cavale, recherché par la police de Buenos Aires, même s'ils n'ont rien contre lui, aucune preuve, sauf le fait qu'il ne collabore pas avec eux. Mais est-ce que je sais ce que ça veut dire, 840, en *lunfardo* et même dans le tango ? Est-ce que je sais que c'est un article du code pénal de la ville de Buenos Aires par lequel la police désigne les proxénètes, c'est-à-dire ceux qu'elle ne contrôle pas, qui ne travaillent pas pour elle ? Et que dans le tango on appelle ainsi les hommes très machos pour qui les femmes sont prêtes à faire beaucoup de choses ? Mais oui, je sais. Je comprends bien pourquoi Coco Dias a décidé de ce nom de code qui est devenu si familier pour moi. 840 est mon personnage le plus secret, opaque, marginal, moralement contestable et hors la loi. Seul aussi, et traqué, et malheureux, je suppose... Et il restera toujours Ocho pour moi, même si je connais son vrai nom et son vrai prénom. Mais je devrais m'arrêter là, ne plus parler de lui, ne pas le mettre en danger inutilement. Il y a une phrase de lui que je peux citer sans problème. Peut-être qu'un jour, si je revois Natacha Pernetty, et si elle veut recommencer nos petits jeux de rivalité littéraire, je lui répéterai ce que dit 840 à propos de son tango : ni bon ni mauvais, mais le plus important à ses yeux : le sien.

Je peux lui parler d'une autre personne avec qui je ne risque rien, c'est le moins qu'on puisse dire ; elle n'existe même pas. Si, elle existe pour moi. D'ailleurs, je n'arrête pas de penser à elle, surtout depuis que je suis à Buenos Aires. Je la vois partout. Il y a beaucoup de femmes comme elle qui viennent danser à Buenos Aires ; Fabian doit savoir de quoi je parle. Les fameuses touristes, comme dirait mon chauffeur de taxi slovène. Je pourrais faire un portrait-robot de l'une d'entre elles : européenne, cinquante ans, cultivée, intelligente, élégante, gagnant bien sa vie... Pas frustrée, mais pas vraiment satisfaite non plus... Et comprenant surtout qu'il n'y a plus de temps à perdre. Si on veut quelque chose dans cette vie, il faut le prendre, il faut y aller... C'est ce que doit se dire la Danoise, l'universitaire de Copenhague avec qui il a dansé la dernière fois à *Niño Bien.* Celle à laquelle je pense s'appelle Agathe, Agathe Abakovitc, l'ex-femme d'un célèbre artiste contemporain, mère de deux enfants adultes, spécialiste de Manet dont on peut voir deux tableaux au musée des Beaux-Arts, à Buenos Aires. Mais aussi de Velázquez, son peintre préféré. Ou encore mieux : spécialiste d'un seul tableau de Velázquez, un chef-d'œuvre que j'ai beaucoup regardé, moi aussi, forcément, puisque Agathe est l'héroïne de mon *Chef-d'œuvre*, un roman que j'avais commencé quand j'ai rencontré Coco Dias. J'ai jeté le roman, mais pas Agathe. Elle est toujours là. Je la vois partout. Elle est devenue mon ombre, ma grande sœur. Agathe est une femme qui commence sa vraie vie amoureuse à cinquante ans (quarante-neuf, pour être précise), le troisième jour de son séjour à Buenos Aires, le soir même de l'installation dans l'appartement qu'elle vient de louer. Il fait chaud dehors — 40 degrés à l'ombre — et glacial chez elle. C'est le bouton du climatiseur, il ne veut pas retourner dans sa position initiale, elle a tout essayé. Au bout de quelque temps à ne pas savoir quoi faire à part mettre deux pulls, elle va boire un verre au coin de l'avenida Libertador. Quand Carlos s'approche d'elle — le plus jeune et le plus beau des serveurs du café *Che*, son premier amant à Buenos Aires, le troisième, non, le deuxième homme dans sa vie si elle ne compte pas son mari — quand Carlos donc s'approche d'elle et lui lance un « *que tal...* », en la regardant droit dans les yeux, elle répond, soudain lasse et un peu désespérée, en le regardant droit dans les yeux, elle aussi, qu'elle a des problèmes avec sa climatisation. Elle aurait pu dire aussi qu'elle est fatiguée, qu'elle ne connaît rien à cette ville, et puis elle va avoir ses règles, elle espère au moins, et puis elle est seule, la première fois dans sa vie, vraiment seule. Il lui sourit et lui demande ce qu'elle veut boire ; pour la climatisation, ils vont voir après, il ne travaille pas bien tard ce soir, si elle veut, il peut aller jeter un coup d'œil. Elle lui sourit à son tour, avec générosité, d'autant plus qu'elle n'a pas tout compris ; son espagnol est encore très rudimentaire. Bien sûr, elle n'imagine pas une seule seconde pendant qu'elle boit sa toute première Quilmes en observant ce café sous les arcades, la terrasse, la très large avenue Libertador, des passants et lui, Carlos, que ce grand garçon au visage mat et aux yeux étonnamment clairs — son père est chilien, sa mère autrichienne — va plus tard, après son service, l'accompagner jusqu'à son immeuble, puis monter avec elle, puis s'exclamer qu'il fait vraiment froid dans son appartement, puis l'enlacer soi-disant pour la réchauffer, puis l'embrasser pour les réchauffer tous les deux, puis se déshabiller comme s'ils se connaissaient de longue date, puis lui faire l'amour, comme s'ils se connaissaient de longue date, pareil, je veux dire avec beaucoup d'aisance, d'insolence et de naturel, aisance, insolence et naturel pour lui, Agathe est soufflée, sidérée, stupéfaite, ça ne lui arrive pas souvent, ce genre de choses, autant dire que ça ne lui arrive jamais.

Quant à moi, Val, Valérie, Balérie et maintenant Bailarina, comme dit Fabian, je voudrais que ce soit déjà le soir. Je voudrais que ce soit la nuit, que j'aie donné à manger à Robert, que j'aie pris une douche, mis ma robe orange, pris mes chaussures de tango et appelé mon chauffeur de taxi slovène pour qu'il m'emmène vers lui.

39

— Tu ne te mets pas derrière, aujourd'hui ?

Il me regarde, soudain interloqué par ce changement de règles. Non, je ne me mets pas derrière. Je vais m'asseoir à côté de lui pour pouvoir le voir de près. Il me semble fatigué ce soir. Il a les yeux rouges, les épaules lourdes et les mains qui reposent sur le volant comme si elles étaient sans vie.

— Ça va, Rok ?

— Plus ou moins... Enfin, plutôt moins que plus.

— Qu'est-ce qu'il y a ? Tu travailles trop, c'est ça ?

— Il me faut travailler trop si je veux m'en sortir. Je dois payer la voiture. Et puis...

— Et puis quoi ?

C'est moi qui pose des questions, aujourd'hui. J'aimerais bien avoir un chauffeur de taxi comme lui, à Paris. Mais c'est vrai qu'à Paris je ne prends jamais de taxi. Soudain je pense qu'il me reste exactement trois jours à Buenos Aires : dans trois jours, je prendrai l'avion avec Coco Dias (et Robert, ça va de soi), nous partons par le même vol tous les trois.

— Dis-moi, Rok ?

Il me regarde sans me voir.

— J'ai vu un accident, cet après-midi. Enfin non, ce n'était pas un accident. C'était un suicide. Un homme qui s'est jeté sous un *colectivo*. Un homme jeune, enfin, comme toi ou moi. Ça s'est passé pratiquement devant mes yeux. Je n'arrive pas à l'oublier, surtout que je voyais ce qu'il allait faire. Je voyais qu'il allait se jeter sous le bus, tu t'imagines... Je sais que ça a lieu tous les jours. Mais tant qu'on ne le voit pas, on n'y croit pas vraiment. On y va ?

Il expire longuement, démarre le moteur.

— Tu ne mets pas le compteur ?

— Non, pas ce soir. *El Beso*, c'est à côté. Et je suis content de te voir. Tu as l'air...

— Amoureuse ?

— Amoureuse ?

Je l'ai dit pour qu'on change de sujet. Même si ce n'est pas complètement faux. Non, ce n'est pas faux du tout. Ça fait longtemps que ça ne m'est pas arrivé de me sentir aussi légère, joyeuse, indifférente (quand on est amoureux, on est indifférent, forcément), avec cette brusque envie de chanter, d'écouter un concerto pour clavecin de Bach et même de danser le tango dessus, comme avec Coco Dias, à la Porte Dorée. En tout cas je voudrais qu'on soit déjà devant la porte rouge d'*El Beso*, que je monte l'escalier, que je regarde autour de moi et que je l'aperçoive, lui, la seule personne qui m'importe ce soir.

Quand je monte donc l'escalier et que je regarde dans la salle, il n'est pas encore là. Il y a Silvio, Ruben, Alberto, Hector, les deux Jorge, le chevalier triste de la Pampa, et l'autre, l'élégant, le nonchalant qui me fait penser à l'homme aux quatre initiales, l'humour noir et le sens de la fête en plus. Il y a même Bernardino, mon premier maestro. Et le grand Jim, Jim le Rouquin. Alors je vais m'asseoir tranquillement, commander quelque chose, de l'eau minérale pour commencer, et je vais danser avec Bernardino, s'il veut bien. Puis avec Silvio, puis avec le premier Jorge, avant qu'il ne soit trop saoul. Parce que après, quand Fabian sera là, je ne danserai plus qu'avec lui (et boirai autre chose que de l'eau minérale). Je sais que ça ne se fait pas ; on ne danse pas avec une seule personne, un bal de tango, une milonga, ça se partage. Mais il me reste trois jours ici, trois soirs, trois nuits, alors laissez-le-moi, cet homme qui va venir d'un moment à l'autre, il va s'asseoir, en face, du côté des danseurs, mais il ne va regarder que moi et moi je ne vais regarder que lui.

En attendant, je vais danser avec Bernardino, mon premier maestro, celui qui m'avait appris comment enlacer un homme en disant que le tango, c'était ça, l'*abrazo*. Puis avec Silvio Kantor qui n'a plus besoin de me parler de la misère ni de l'injustice ni du désespoir, je les ai vus, je sais ce que c'est maintenant. Puis avec Ruben le magnifique, le roi de la milonga. Puis avec le premier Jorge... Puis même avec le deuxième, il est encore tôt pour lui, mais il veut bien, oui, il veut bien. Et puis avec Jim le Rouquin qui est content de me retrouver, on pourrait faire comme la dernière fois, dit-il, on pourrait aller à *Niño Bien* ensemble. Qu'est-ce qu'il y a ? demande-t-il. Tu as l'air bizarre, on dirait que tu es triste.

Il a raison. Je ne saute pas de joie. Il est une heure et

demie du matin, Fabian n'est pas là et certainement ne viendra plus. Je ne comprends pas. Il a dû se passer quelque chose. Un problème avec ses filles, une grève de transport public, un empêchement... Il a perdu les clefs de son appartement, son voisin a eu un malaise, il s'est endormi dans le *subte*... Il ne m'a pas oubliée, je ne pense pas, non, personne ne me fera croire ça. On ne peut pas oublier une nuit comme celle que nous avons passée ensemble. On ne peut pas oublier l'orage, le grand, l'incroyable, l'inimaginable orage (je parle pour moi, je ne suis pas habituée aux arbres qui hurlent, aux éclairs qui zigzaguent comme des fous, aux trombes d'eau qui s'abattent du ciel comme jetées avec un seau). On ne peut pas oublier nos habits dégoulinants de pluie, c'était quelque chose, je ne te raconte pas... Ni le retour chez moi... Ni le déshabillage, plutôt inhabituel, il faut le dire... Et encore moins l'amour, pareil, plutôt inhabituel, c'est-à-dire souple, fluide, glissant et ruisselant dans la confusion des liquides... Ni enfin le sommeil, le néant heureux, puis re-amour, puis la course le matin... Il a dû lui arriver quelque chose, je ne sais pas, moi... Un accident... Un accident comme celui dont m'a parlé mon chauffeur de taxi slovène (non, ce n'était pas un accident, a-t-il dit, c'était un coup de désespoir). Alors Jim le Rouquin a raison, je suis triste. Je regarde à travers un rideau de larmes qui font un effort surhumain pour ne pas couler. Et je veux bien prendre un taxi avec lui et aller danser à *Niño Bien*, d'autant plus que Coco Dias m'a dit qu'il allait y passer plus tard, parce que les bons danseurs arrivent toujours tard, au milieu de la nuit. Ainsi au moins je vais penser à autre chose — au héros de mon roman — et je ne serai pas seule le restant de la nuit.

Quand Jim et moi nous arrivons en haut des marches de *Niño Bien*, on nous place à la même table que la dernière fois. Nous commandons le même mauvais champagne, une bouteille, carrément, pendant que nous y sommes. Jim le Rouquin est enchanté : il n'aime pas être seul, la nuit, et il peut de nouveau s'exprimer normalement. Coco arrive une dizaine de minutes plus tard, en fanfare, comme d'habitude, non, mieux encore. Luis, l'organisateur de la milonga, prend le micro pour annoncer sa venue : le grand Coco Dias qui vit et enseigne à Paris, mais danse dans le monde entier, il est de retour, chez lui, à Buenos Aires... La salle applaudit, Coco, aux anges, s'assied à la table avec d'autres célébrités locales (il ne faudra pas qu'après il aille me raconter qu'il n'aime pas ça, la lumière et les applaudissements, c'est précisément ça qu'il aime). Alors il jette un coup d'œil autour de lui pour voir avec qui il peut danser devant tout ce monde qui le regarde. Francesita est rentrée à Paris avec leur fils, il peut donc choisir. Il me sourit de loin, ce ne sera pas moi, en tout cas pas la première ; il n'est jamais sûr de moi, il n'est pas prêt à oublier la soirée à Paris où il m'avait emmenée avec lui pour une démonstration et j'ai tout raté, enfin, presque ; disons que je n'ai pas été à la hauteur, autrement dit je n'ai pas été Cremilda, Pampita, Morocha et encore moins la petite Francesita. Mais cette nuit et certainement pour la première fois, je n'ai aucune envie d'être Cremilda, Pampita, Morocha...

Quand plus tard, pour sa deuxième série, je me retrouve avec lui sur la piste et je sens tous les regards sur nous, c'est aussi la première fois que je n'ai pas peur de danser avec Coco Dias. Je pourrais même dire que ça m'est égal : Coco Dias ou quelqu'un d'autre, de toute façon, ce n'est pas celui que j'attendais, et que je n'attends plus, le seul que je voudrais enlacer cette nuit.

— Qu'est-ce qu'il y a, Balérie ? Ne me dis pas que tu es triste ? Triste comme ce tango ?

J'essaye de sourire, mais je n'y arrive pas. Je pense que c'est ça, il a raison, je suis triste. Et mes larmes continuent à faire un effort surhumain pour ne pas couler.

40

— Est-ce que tu es sûre qu'il y a tout dans ton cahier ? Que tu n'as rien oublié ? Le chien Fernando, par exemple.

— Quel chien ?

— Un de ces chiens vagabonds dont je t'ai parlé. Sauf que Fernando était beaucoup plus intelligent que les autres. Et un grand connaisseur de tango en plus.

— Qu'est-ce que tu racontes ?

— Tous les chanteurs de tango avaient peur de lui. Quand ils chantaient faux, il se mettait à aboyer. Sinon il écoutait, tranquillement, content, très content. Je te jure, Balérie, c'est la vérité. On l'appelait Fernando.

— Je ne me souviens pas de lui.

— Et Nene Peludo ?

— C'est qui, celui-là ?

— Un chanteur. Un chanteur de notre *barrio* qui chantait mieux quand il était saoul. Alors nous, les gamins du quartier, on se cotisait pour lui acheter du vin. Pour qu'il chante pour nous. Un sacré personnage, ce Nene.

— Je ne m'en souviens pas non plus. Mais il doit être dans mon cahier.

— Quand je danse, je mets tout ça dans mon tango, tu comprends, Balérie... C'est ma vie.

Je regarde par la fenêtre : Buenos Aires est en train de filer devant mes yeux à toute vitesse. Nous roulons vers l'aéroport ; c'est sans aucun doute la dernière fois que nous prenons un taxi ensemble. Et j'ai bien compris ce qu'il vient de dire. Il a raison : la question n'est pas de savoir quel est le sens de cette vie, mais ce qu'on en fait. On peut danser dessus, comme Coco Dias. C'est ce qu'il essaye de me dire depuis notre premier rendez-vous à la Porte Dorée.

— Tu ne dis plus rien, Balérie ?

— Je t'écoute... Je pense à ce que tu dis. J'ai certainement oublié plein de choses, Coco.

Il se tourne vers moi. Il a ce petit air de défi dans les yeux, que je commence à connaître par cœur. Il va me demander si je n'ai pas oublié de souligner que, déjà adolescent, il était très demandé en tant que danseur. Partout où il allait, il était attendu et acclamé. Ou bien il voudrait savoir si je suis vraiment sûre de ne pas mettre de photos dans le livre. Même pas une seule ? Celle où il danse avec Francesita. Ou encore mieux : celle où il est avec sa mère, dans son *barrio*, elle debout avec les voisins, lui jouant à ses pieds.

— Balérie...

— Oui ?

— Comment vas-tu appeler ton livre ?

J'éclate de rire. Je ne m'attendais pas à cette question ; d'ailleurs je n'y ai pas encore vraiment réfléchi.

— Je ne sais pas... La Porte Dorée, peut-être.

— Pourquoi ?

— Parce qu'en revenant à Paris j'aurai certainement envie d'y retourner. Un tango bien dansé, et la journée change de sens, non ? Mais aussi parce que je peux l'écrire avec la majuscule ou la minuscule...

— Je ne comprends pas...

— On est en train d'arriver, Coco.

Le taxi s'arrête à quelques mètres de la porte des Départs. Nous sortons chacun sur son côté. Ce n'est que maintenant que le héros de mon roman se rend compte qu'il y a quelque chose qui ne va pas.

— Où sont tes bagages, Balérie ?

— Je les ai laissés là-bas, à Azcuénaga y Juncal. Avec Robert qui m'attend avec impatience.

— Quel Robert ?

— Je vais rester encore un peu à Buenos Aires, Coco.

— Tu vas y rester encore ? Pourquoi ?

— C'est trop long à expliquer.

Ce n'est pas vrai. C'est très court et très simple : je voudrais revoir quelqu'un. Je voudrais juste savoir qu'il va bien et que la vie continue. Et puis prendre toute la douceur que j'ai en moi pour danser le dernier tango avec lui. À la suite de quoi on pourra m'arracher à lui, je pourrai faire ma valise, prendre mon chat, et partir, moi aussi.

— Il faut que tu y ailles.

— Et pourquoi tu es venue avec moi, alors ?

— Pour t'accompagner. J'aime bien rouler en taxi avec toi. Tu ne le savais pas ? Dépêche-toi, tu vas être encore en retard.

— Oui, tu as raison. Il faut que je me dépêche... Au revoir, Balérie.

Il pousse son chariot avec la montagne de valises. En passant par la porte vitrée, il se retourne un instant, puis devient de plus en plus petit pour disparaître au loin. Finalement, c'est toujours moi qui le regarde partir. C'est normal ; c'est lui, le héros de mon roman.

Photocomposition CMB Graphic.
Achevé d'imprimer
sur Roto-Page
par l'Imprimerie Floch
à Mayenne, le 11 octobre 2007.
Dépôt légal : octobre 2007.
1er dépôt légal : juin 2007.
Numéro d'imprimeur : 69461.

ISBN : 978-2-07-078557-5 / Imprimé en France.

156453